異世界で
ぼったくり宿
を始めました
-稼いで女神の力を
回復するミッション-

アカリ
幼女女神ルヴンシールによって異世界に転生させられた。女神の力を取り戻すため、世界で最も危険なダンジョンの奥地にあるログハウスで商売を始め、お金を稼ぐことになる。
女神ルヴンシール
異世界の創造神にして商売の神。配下の女神シュオンネの裏切りでガチャガチャに閉じ込められ力を奪われていたが、アカリに助け出される。
主な登場人物

イーゴル
冒険者パーティー「銀の牙」の盾役。ラルラガンよりは考える人。
リンジェイラ
冒険者パーティー「銀の牙」の魔法士。頭がよく、パーティーの仲裁役もやる。
ラルラガン
冒険者パーティー「銀の牙」の剣士。大雑把な性格で深く考えるのは苦手。
セシンエキア
冒険者パーティー「銀の牙」の回復役で元修道女。神様関連になるとたがが外れる。

Contents

異世界でぼったくり宿を始めました
-稼いで女神の力を回復するミッション-

斎木リコ

イラスト
汐張神奈

プロローグ

　ふと気付いたら、真っ白い空間にいた。天井も床も白。見渡す限り白、白、白。遠近感仕事しろ。白一色だと、奥行きも何もないな。

　……はて？　どうして私、こんな変な場所にいるんだろう？

　私は新しくできたというショッピングモールに来ていた。住んでいる場所から電車とバスを乗り継いで、ちょっとした小旅行気分だ。

　平日だけど、仕事は休み。というか、有休をもぎ取った。今も携帯には会社から電話がかかってくる。

　誰が出るか。少しは人がいないことに慣れるがいい。

　毎度毎度人を便利に使い倒しおって。こっちも生活がかかっているから大きなことは言えないけれど、有休は労働者の権利だ。しっかり行使させてもらう。

　大体、うちはブラック一歩手前すぎる。もう3年くらい人が足りないって言ってるのに、そのうちそのうちと言って誤魔化《ごまか》し続け、人員補充する素振《そぶ》りすら見せない。

だから私だって有休が使えず、溜まる一方だったんだから。ここらで消化しないとな。

そんなことを考えながらモールの中を歩いていた。特に目当ての買い物はなかったから、ウィンドウショッピングを楽しんでいただけ。のはず、なんだけど……

気がついたら、ここにいた。どういうこと？　こんな場所、モールの中にあったか？　真っ白な広い空間。そして、目の前には長い人の列。私がいるのは、最後尾のようだ。

この列、何のためのものなんだろう？　まあいい。いつかはわかるし、待つのには慣れている。

そんなことを考えつつ、のほほんと待っていたら、それは突然聞こえてきた。

「ふっざけんじゃねえよ！　もっといいもん、出しやがれ!!」

前の方で、誰かが騒いでいる。あ、いつの間にか列が短くなっていた。ちょっと横に逸《そ》れて前の方を見たら、男の人が何かを蹴《け》っている。

あれ、かなり古いタイプのガチャガチャ？　四角いボックスタイプではなく、足があるやつ。

あんなの、まだあるんだ。

蹴られたガチャガチャは転がって、カプセルが入っている部分が割れてしまった。中身が飛び出ている。

それを見た並んでいた人達が、我先にとそのガチャガチャに群がっていった。

カプセルを拾う姿は、まるで何かに取り憑《つ》かれているよう。何か、怖い。

蹴った男の人は集まった人達を蹴散らそうとしていたけれど、一人、また一人とカプセルを手にして消えていく。消えた？　どうして？

「ちっ！　しけてやがんな」

悪態を吐《つ》いた男性……ガチャガチャを蹴った人は、手に4つのカプセルを持っている。あんなに拾ったんだ。

そのうち一つを開けると、目の前で男性も消えた。

呆然《ぼうぜん》としている間に、周囲にあれだけ人がいたのに、今は一人もいなくなっている。残されたのは、壊れたガチャガチャと私だけ。

これ、もしかしなくても、乗り遅れたか？

一つくらいカプセルが残っていないかと、ガチャガチャに近づいてみた。上のカプセルが入っていた部分が割れて足部分がひしゃげている。どんだけ強い力で蹴ったんだ。

しげしげと見回していたら、何かが聞こえてきた。

「……けよ」

「はい？」

今、何か人の声のようなものが……。周囲を見回しても、私以外誰もいない。じゃあ、今の声は――

「早《はよ》う、わらわを助けよ!!」

ガチャガチャが喋《しゃべ》った!? え、ガチャガチャって、喋るものだったか?

でも、助けろとか言ってる。よく見たら、全体が震えてるようだ。

ガチャガチャって、振動機能、付いていたっけ?

「何をぼーっとしておる! 早うこれを壊さんか!!」

首を捻《ひね》っていたら、再び声が聞こえた。いや、聞こえたのではなく、辺りに響いたと言った方が正しい。

何これ。今時のガチャガチャは、こんな上から目線で人に命令するのか?

こんなおかしな状況で、大概私も冷静だな。いや、十分驚いているんだけれど、昔からあまり感情が表に出ないと言われていてな。

「早くせんかあああああ!」

「やかましいいいいいいい!」

ガチャガチャ風情に命令されるいわれはないわ! 心のままにガチャガチャのひしゃげた足を掴《つか》んで、遠くへ放り投げる。昔から、腕力には自信があるのだ。

何せ見た目はゴリラ。父に似て、ごつい体型だからな。この見た目で、昔から散々いじられたっけ。

遠い昔を思い出していると、放り投げたガチャガチャが地面……地面、か？　に激突し、二度三度バウンドして転がっていく。

「＊※☆△◆○@%$#ー!!」

声にならない声って、こういうことを言うのだろうか。何とも形容しがたい声を上げつつ、ガチャガチャが止まった。

何となくその様子を見ていたら、今度はガチャガチャから煙が上がった。今時のガチャガチャは、炎上するのか。知らなかった。

呆然としていたら、煙の中から小さな人影が出てくる。いや、どっか出てきたあの人影。その人影は煙に咳《せ》き込みながらも、あっという間に私の目の前までやってきた。

「何という乱暴なことをするのじゃあああああ!!」

人影は、ちっちゃな女の子だ。4、5歳くらいだろうか。見事な幼児体型に、似つかわしくないほど長い金髪は足下まで伸びている。目はおっきくて空の色。顔立ちは随分《ずいぶん》と整っているな。

でも、こんな子、さっきまでの列にいなかったはず。大体、ガチャの煙から出てきたぞ。もう一度ガチャガチャを見ると、なぜか壊れたはずの本体が跡形もなく消えていた。

どうなっているんだ？　それに、今更気付いたけれど、この場所もおかしい。奥行きも、高さも感じない、ただ白いだけの空間。現実で、こんな場所あるか？

今更ながら、背筋を冷たい汗が流れていく。

混乱する私の目の前で、古めかしい衣装を身につけた女の子……幼女は自分の体のあちこちを見ている。やがて、眉を八の字にした。

「なんともまあ、見事に縮んでおるのう。おのれ邪神め。ふん捕まえて、ボコボコにしてやるのじゃ！」

こんな訳わからん状況に、可愛い幼女が拳を握りしめて決意を新たにする姿は、何だかほっこりさせられる。

その幼女は、いきなりこちらを振り向いた。

「そこな女！　……ふむふむ、名は五条《ごじょう》あかりというのじゃな。ではあかり」

「ひゅえ!?」

なんで、わたしの、なまえ……

「わらわは女神じゃ。人間の名前ごとき、見ればすぐにわかるわい。手荒な真似だったとはいえ、わらわを助け出したことは褒《ほ》めてつかわす。褒美《ほうび》として、わらわが関わる世界へ送ってやろう」

「へ？　送る？」

「そうじゃ。いつまでもこの狭間にはおられんぞ？　ここは邪神が仮に作った場所じゃからな。

用がなくなれば消されるまでよ。ほれ、そろそろ消滅しかかっておるわい」

幼女が指差す方向を見ると、白一色の世界の端が黒くなっている。何？　あれ。

「あの黒が消滅じゃ。このままじゃと、そなたもあれに巻き込まれて消滅するぞ？」

「何それやだー！」

消滅とか、冗談じゃない。確かに大した仕事はしていないけれど、社会に迷惑をかけない程度には自立して生活していたのに。何が悲しくて消滅とかしなきゃいけないんだ。

喚《わめ》く私に、幼女が残念なものを見るような目で言った。

「じゃから、わらわの世界に送ってやるというのに」

「どうせ送るなら、元いた場所に送ってよ!!」

この年齢で、見知らぬ土地で一から出直せとか、鬼か！　あ、幼女だった。

その幼女は、残念そうな顔で首を横に振っている。

「それは無理じゃ。何せそなたは、元の世界では死んでおるからの」

「え？」

この子、今、何て言った？　あまりのことに固まっていると、幼女が畳《たた》みかけてきた。

「死んだのじゃ。邪神が起こした事故で、先程までここにいた、全員がな。魂だけになったからこそ、容易にこの狭間に誘導されたのじゃ」

「じゃ……しん……？」

そういえば、さっき目の前の幼女がふん捕まえてボコボコにしてやるって……

「おお。わらわを先程のけったいな箱に閉じ込め、力を奪い続けておった存在よ。わらわが復活したからには、もう勘弁ならんがな！」

小さい体でふんぞり返る幼女。でも、そんなのどうでもいい。

私は、死んだ。さっきまでここにいた人達も、みんな。

これは、夢なのか？　それとも……

「さて、詳しく話す暇はないようじゃの。そろそろそなたを送るとするか」

「え？」

呆然としながら、目の端に入る黒に意識が向かう。あれがここまで来れば、私は消滅するのか……その前に、幼女が言う「わらわの世界」とやらに行くしか、生き残る方法はない。

「わらわを助けた礼は、他にも用意しておいてやる。それとな、わらわの力を回復するための手助けをさせてやろう」

何だそれ。いや、勝手に決めるなよ。

「それはいらない」

「即答するなあああ！　わらわが力を取り戻さねば、そなたがこれから行く世界とて危うくなるのじゃぞ⁉」

どういうこと？　送ると言いながら、回復するための手助けが礼とか。ふざけてんのか？

私からの冷たい視線に気付いているのかいないのか、幼女はわざとらしい咳払いをした。

「ともかく、わらわとそなたの間には、縁ができた。これを使い、そなたがこれから行く世界で稼ぐことにより、わらわの力が回復する。心してぼったくるがよい」

いや、言い方。ぼったくるってのはどうよ？　つか、なんで私が稼ぐと幼女が回復するの？

訳わかんない。

「詳しくは、そなたの持っておる薄い板に入れておいた。金儲《かねもう》けのために少々危険な場所へと送る故、気を付けるように」

「え？　ちょっと待って！　今、危険な場所って言った……ああああああああ⁉」

いきなり足元に開いた穴から、下へと落ちていく！　てか、人の話は最後まで聞け！

「くれぐれも、稼ぐのを忘れるでないぞー。それと、きちんとわらわの祭壇を作って祈りを捧げるのじゃぞー」

「ふざけんなコンチクショー！　幼女女神めえええええええ！　恨んでやるからなああああああ‼

覚えてろよおおおおおお‼」

そのまま、私の意識は途切れた。

1章　世界最凶ダンジョン

「ん……ここ……」

気がついたら、床に寝転んでいた。床……フローリングで、木の香りがめっちゃする。はて、私が住むアパートには畳の部屋しかないんだが。

「って、違うよ!!　どこ!?　ここ！」

起きてみたら、見たことのない場所。壁の感じや天井から、ログハウスっぽい。

周囲を見回すけれど、まったく見覚えがない。私は、いつどうやってここに来たんだ？

そういえば、意識を失う前、おかしなことに巻き込まれて……

そこまで考えた時、隣でピロリンという電子音がした。スマホの通知音？

「何だろ……あ」

床の上には、私のスマホとタブレットが置かれている。スマホは持ち歩いているからいいとして、タブレットは自宅から出さないのに。どうしてこんな見知らぬ場所に？

どちらの画面にも、メールの着信を報せるメッセージが出ていた。

とりあえず、スマホのメールアプリを開くと、１通、未読のメールが。

開いたら、あの幼女女神からだった。差出人欄に「めがみ」とある。ひらがななんだ。さすが幼女。そういえば、あの幼女女神が「薄い板に入れておいた」とか何とか言っていたな。

あれ、スマホとタブレットのことだったんだ。

とりあえず、メールを開いて読んでみる。

『無事辿《たど》り着けたようじゃの。これからそこで暮らし、採取や尋ねてくる人間相手に商売をして稼ぐがよい。そなたが稼げば稼ぐほど、わらわの力が回復するのじゃ。詳しくは、その板に入っている「異世界の歩き方」というアプリを参照せよ。では、さらばじゃ』

「さらばじゃ、じゃねーよ!!」

怒りにまかせて、スマホを床に叩き付けようとして、我に返った。危ない危ない。買い換えてまだ間がない機種なんだ。壊したらもったいない。

異世界。本当に、私はそんな場所に来てしまったんだろうか。元いた場所では、私は死んでいる……

「ん?」

よく見たら、足が自分のものより細い。手も華奢《きゃしゃ》だ。私の手、グローブのようにがっしりしているのに。

これは、もしかしてネット小説とかでよく見る「異世界転生」というやつか?

「か、鏡……あ、スマホのインカメラ！」

ちょうど手元にスマホがあるのだ。使わないでどうする。カメラを起動し、インカメラに切り替える。画面に映っているのは、見たこともない少女の姿。

「これ……私？」

父に似て、全体的にゴツゴツしていた顔の輪郭はすっきりとした卵型に。目元はぱっちり二重で眉の形もいい。

瞳と髪は薄い茶色。ストレートのさらさらヘアは、肩の辺りで切り揃《そろ》えられている。前髪は、眉のライン。

どこのアイドルかってくらいに、可愛い。しかも、若い。少し前まで、私はアラサーだったはずなのに。画面には、どう見ても10代の少女が映っている。

ノースリーブの、シンプルな膝丈ワンピース。色は水色。こんな色のワンピース、着たことはない。似合わなかったから。

でも、スマホ画面の中の姿には、よく似合っている……と、思う。

「これが、この世界での私なんだ……」

日本での私はゴリラに例えられるくらいの見た目だったのに、転生したらこんな美少女とか。どんなチートだよ。妙な罪悪感を覚える。

　とはいえ、邪神の影響で死んだのも、幼女女神をガチャガチャから救い出したのも、全ては偶然の結果だ。私が望んでそうなるように動いたわけじゃない。

　……うん、これはある意味、事故だ、事故。事故じゃ仕方ないってものだ。それはともかく、まずは他にやるべきことがある。この世界のことを少し勉強しておきたい。

　とりあえず、幼女女神が言っていた『異世界の歩き方』なるアプリを見てみよう。読むならスマホよりタブレットだな。私は、電書はタブレットで読む派だ。

　インストールされているアプリはどちらも同じ……っていうか、これ同期している。どちらからでも、同じアプリにアクセスできるようだ。

　ホーム画面には、設定、時計、カレンダー、メールアプリ、お買い物アプリ、それと異世界の歩き方。気になるアプリがあるけれど、まずはこの『異世界の歩き方』だ。

「えーと、なになに……現在地はこの世界で最も危険と言われるダンジョン『ホーイン密林』の奥地です？」

　ダンジョンって言うと、あのモンスターとかがたくさん出てきて経験値を稼ぐのに適した場所のことか？　適正レベルに達してないと、即死する可能性もある場所だよな。

　ゲームは、嗜《たしな》む程度にはやっていた。その中でも、レベル上げに使ったのがダンジョンだ。もっとも、最近のゲームではダンジョンと呼べるような場所はあまりなかったけれど。

廃墟だったり、森林だったり、島だったり、ラスボスの居城だったり。ここは森林だから、一応その部類には入るのか。

だが、着目すべき点は、そこじゃない。

「世界で最も危険って……よりにもよってどこに落としてるんだ、あの幼女女神いいいい!!」

確かに危ない場所に送るって言ってたけど！　本気で世界で最も危険な場所に送るとか、頭湧いてんのか！　即死したらどうしてくれるんだ！

あ、１回死んでるんだった。その結果、今の姿になっているんだし。

今も耳を澄ますと、遠くからとても動物のものとは思えない鳴き声が聞こえてくる。聞いたこともないような、腹に響く低い声。

あれが、モンスターの鳴き声なのか？

再び、タブレットに目を落とす。

『ダンジョンでは、魔物を倒し解体することで、貴重な素材を手に入れることができます。魔物を倒したら、ぜひお買い物アプリで売却してください。高額買い取りをいたします』

お買い物アプリは、買うためのものではなく、売るためのものなのか？　ちょっと意外だな。

『また、魔物素材以外にも、敷地の周辺には貴重な植物や素材がありますので、頑張って採取してください。敷地に来客があるまでは、お客様ご自身の手で収入を得る必要があります。また、ホーイン密林の外に出ることはおすすめしません。密林の外には危険が多く、お客様の命は保証できかねます』

「ギャグかな」

命の保証をしかねるって、この場所の方が外よりよほど危険なのでは？　もっとも、私のようなアウトドアもろくにできないような人間では、密林を出る前に命を落としそうだけれど。

その後も、『異世界の歩き方』を読んでいく。この世界、通貨を発行している国はいくつかあり、ホーイン密林のある地方では複数の国で同じ通貨を使っているらしい。

その通貨の単位が「イェン」。何の冗談なんだろう。そこは素直に「円」でいいのではないだろうか。

ともかく、敷地に来た人間から「イェン」をぼったくり、お買い物アプリにチャージすることで、アプリ内で買い物ができるようになるという。あ、買い物もできるんだな。名称が「お買い物アプリ」なのだから、できて当然かも。

『今回は特別に、初回特典としてログイン時に１００万円をチャージいたします』

「マジで？」

いきなり１００万。凄《すご》く高額という訳ではないけれど、それなりにあると感じられる金額だな。

そういえば、日本に残してきた私の貯金、どうなるんだろう。死んだってことになったら、全部親の元にいくのか。私は独身だったし、子供も養子もいない。遺言書も書いてないから、法定相続人が総取りだな。やっぱり親か。

正直、親との関係はあまりよくない。……いや、正直に言えば、よくないどころか絶縁状態だった。

我が家では、妹がお姫様で、私は妹の邪魔ばかりする化け物扱い。私の見た目は父に似てごつかったけれど、妹は母に似て華奢で可愛らしかったから。ただ、それだけ。

私がどれだけ勉強を頑張ろうと、運動を頑張ろうと、両親にとって「娘」は妹ただ一人。中学の頃はグレかけたけれど、父方の祖父母のおかげで何とか踏みとどまれた。感謝しかない。以降は、祖父母の家から高校、大学と通い、そのまま都内で就職。祖父母が相次いで亡くなった時は葬儀のために地元に帰ったけれど、速攻都内へ戻ったっけ。

祖母が亡くなった時はまだしも、祖父が亡くなった時は遺産の少なさに父親が激高、あわや血を見る大惨事になるところだった。

父、祖父母にとっては一人息子だったから、祖父の財産を全て相続できると計算していたらしい。祖父が生きている頃からというから、我が父ながら酷い話だ。

それ以来、地元には一度も帰っていない。親類経由で、妹が結婚したことや、不貞で旦那に離婚されたこと、生まれた子の父親が誰かわからないことなどを耳にしたけれど、何も感じなかった。向こうは向こうで勝手にやってくれという気持ちしかない。

そんな親の元に、頑張って貯めた貯金が渡るのか……それだけは、凄く辛い。あのブラック企業でそれなりに頑張ったのも、全ては貯金のためだったのに。

「おっと、いかんいかん」

つい、過去への思いに時間を取られてしまった。

意図したことではないとはいえ、折角《せっかく》第二の人生がスタートしたのだ。この危険なダンジョンで、それなりに生きてみようではないか。


タブレットで『異世界の歩き方』を読み進めていたら、不意にお腹からくうという音が響いた。そういえば、目が覚めてから何も口にしていない。

このログハウスに、何か食料はあるだろうか。

まず部屋を出てみる。廊下があって、階段が下に伸びていた。ここ、2階だったのか。いや、3階かも？　とにかく、下に行ってみよう。

階段を下りると、玄関ホールに出た。三和土《たたき》のある、和風の玄関である。ログハウスなのに、ちぐはぐだな。

玄関に向かって、右と左に扉が見える。こういう時は、右を優先してきた。なので、右の扉を開ける。

「キッチンだ！」

ビンゴ。パッと見、システムキッチンで、シンクにガスコンロ、オーブンレンジもある。

……ガスや電源は、どうなってるんだろう？

冷蔵庫もあったので、中を見る。

「何もなし……か」

そこまで甘くはなかったようだ。調味料の類《たぐい》もない。お買い物アプリで買えるだろうか。

蛇口《じゃぐち》を捻って、水を出す。コップも見つからないので、手で掬《すく》って飲んだ。

「美味《おい》しい」

匂いも臭みもない水。それでいて、飲むと水の甘みと旨味《うまみ》が広がるとか。いい水を引いてるんだな、ここ。

……色々と突っ込みたい気がするけれど、今はそれよりも優先することがある。

ぐうぐうと鳴り始めたお腹を宥《なだ》めつつ、あちこちの扉を開く。何もない。これは、１００万くらいあっという間に使い切るのでは？

とりあえず、食材や調味料の他、布巾《ふきん》、タオル、食器用洗剤、スポンジ、床掃除用のモップや雑巾《ぞうきん》などが必要か。

スマホのメモ機能に買うものをまとめていたら、いきなりピロリンと鳴った。メールの着信である。

「誰から……って幼女女神以外、いないか」

日本からここにメールを送れる人間なんていないし。

『素晴らしい家じゃろう？　わらわがそなたのために頑張って造ったのじゃからな！』

え……このログハウス、幼女女神が建てたの？　どうやって？

『その家はの、素晴らしい機能を備えておる。そなた、掃除は苦手じゃろう？』

なぜ知っている。あ、女神だからか。

『ふっふっふ。わらわは何でも知っておるのじゃぞ？　そんな掃除嫌いのそなたのために、家そのものに浄化の魔法をかけておいた。一定時間が経つと、家の中の汚れが全て消えるのじゃ！凄かろう!?』

「え、何それ凄い」

いや、本当に凄い。ロボット掃除機も真っ青だ。あれは自動で掃除をしてくれるけれど、椅子やら何やらを床に置いていてはいまいち綺麗《きれい》にならないと聞く。

でも、魔法で汚れが消えるのなら、床に何を置いていても関係ないのでは？

『……床のものくらい、ちゃんと棚にしまっておけ』

幼女女神に説教された。何か、負けた気分。

その後、キッチンの隣にある洗面所、バスルーム、トイレなどを確認して回った。風呂場とトイレが日本式のものだったのは助かる。湯船、凄く広くていい。足が伸ばせそうだ。

洗面所には大きな鏡があり、そこに映る私の姿は、やはり日本のそれとはまったくの別物だった。チート……いや事故だ、事故。

掃除はいらないにしても、バスグッズやトイレグッズ、洗面用品などは買わなくてはならない。石鹸、シャンプー、リンス、トイレットペーパーなどだな。

そういう日用品、売ってるのかね？

ともあれ、買う物は大体決まったので、やっとお買い物アプリにログインできる。でも、メールアドレスとかないんだが、登録できるのか？

まあいい。やれるところまでやってみよう。うまくいかなかったら、幼女女神にヘルプでも出せばいい。

メールが届くくらいだから、こちらから返信しても届くだろう。

お買い物アプリをタップしたら、ログイン画面が出るかと思いきや、いきなりマイページが開いた。いや、登録していないのに、なぜマイページ？

そこには、100万円の文字がある。

『おめでとうございます。初回ログインの特典ボーナスとして、100万円が送られました。この100万円の使用期限は本日から2カ月です。頑張って使い切ってください』

使用期限なんてあるのか。とはいえ、買う物が多いから、100万なんて初回で使い切る自信がある。

さて、どんな品があるのか。

アプリはいくつかの項目に分かれていた。今一番必要なのは、食材と調味料。そして、今すぐ食べられる食事だ。

「冷凍のピザとかあれば、すぐに温めて食べられるよなあ」

オーブンレンジがあるのだから、問題ない。食品の項目を開くと、さながらネットスーパーのような品揃えだ。いや、幅広いな、これ。

「ええと、基本の砂糖、塩、醤油《しょうゆ》、味噌《みそ》、ソース、ケチャップ、マヨネーズ……」

料理のさしすせその酢がないのは、酸っぱいのが苦手だから。その割にはケチャップもマヨネーズも使うけれど。

他にも顆粒だしや顆粒コンソメ、味醂《みりん》、油などをカートに入れていく。現在のカートの合計金額が簡単に見られるのも、ネットスーパーのいいところ。

いや、ネットスーパーじゃないけれど。似たようなものだからよしとする。

調味料関連の次は、食材だ。ジャガイモやニンジン、タマネギ、長ネギなどの使いやすい野菜から、ブロッコリーやインゲンなどの好きな野菜まで。あ、キノコ類も忘れずに。

にしても、値段が安い。近所の激安スーパーよりも安いとは。どうなってんだ？　この値段設定。いや、安いのはいいことだと思っておこう。

今夜は鍋にするつもりだ。余った食材は明日以降頑張って消費する。

あれこれカートに入れていたら、またしてもスマホがピロリン。今度は何だ？

『その家に置いたれいぞーことやらはな、とても凄いものなんじゃぞ？　入れたものの時間が止まる故、食材が腐らぬのじゃ！』

「何だってえええええ!?」

え、それってかの有名なインベントリ？　いや、冷蔵庫か。さすがに容量無制限はないだろう。

と思っていたら、またしてもスマホがピロリン。

『おお、忘れておった。そのれいぞーこはな、いくらでも物が入るのじゃ』

「おおおおお！」

これで！　食材が傷むことを気にしながら買い物をしなくて済む！　最高だ！

『ただし、生き物は入らんからな？』

いや、冷蔵庫に生き物を入れるとか、どんな虐待だよ。

その後もあれこれ調子に乗ってカートに入れていたら、凄い量になった。それでも価格が安いからか、１００万にはまだ届かない。

使える期限は2ヶ月というから、他にも何か……と思ったところで、とある項目が目に止まった。

「魔法とスキル？」

これまた、あの有名な魔法とスキルなのか？　でも、ああいうのって職業別で覚えられるものが違うとか、生まれついて身に備わってるとかじゃ？

でも、何度見ても項目に「魔法とスキル」とある。この世界では、魔法もスキルも買えるのか。

ちょっと気になって、項目を見てみると……

「高！　火魔法1が1億⁉」

1億って、どこぞの有名タワマンとかの値段なのでは？　そういうところは、もっと高いか。

ともかく、庶民がお目にかかれる金額ではないのだが。

他も、軒並《のきな》み億越えの値段ばかり。こんな金額じゃあ、買えやしない。

「売っているのに、値段で買えないっていうのは、何か悔しい……ん？」

ページの下の方に、何やらお買い得セットというのがある。どうやら、初めてお買い物アプリを使う人向けに、４つの魔法とスキルをセットにしたものらしい。

お値段はというと。

「普通に高い」

セットの価格は80万円。特典ボーナスの１００万がほとんど吹っ飛ぶ。とはいえ、その内容は魅力的だ。

「バリア、浮遊、査定、帰還。この４つがワンセットか……」

バリアはあらゆる攻撃から身を守る。これは魔法だそう。あらゆる攻撃って、本当なら最強じゃね？　だって、敵の攻撃が一切通じないということだから。

浮遊は、歩かなくても浮かんで移動可能な魔法。いや、どんだけ駄目人間だよ。歩け。あ、でもダンジョンだと、足元にトラップがあったりするのかもしれない。そういう場合のための魔法か。いや、バリアで全身覆えば、トラップも問題ないんじゃね？　まあいいか。

査定は、見たものの値段を知ることができるスキル。これこそ必要か？　首を傾げたくなるスキルだな。

「そういえば、ここに来る前に幼女女神が言っていた内容って……」

確か、この敷地に来る人間からぼったくれ、だったはず。いや、幼女とはいえ女神が人からぼったくれって勧めるとか。まあ、あの幼女なら仕方ないか。

帰還は、どこにいても一瞬で敷地内に戻ってこられるスキル。遠出には嬉《うれ》しいスキルだ。でも、帰ってくるのが困難なほど、遠出ってするか？

……体力の限り歩いて移動して、そこから帰るだけの体力が残っておらず、途方に暮れるという話は、聞いたことがある。子供か？　と思ったけれど、この密林なら十分あり得るかもしれない。やはり、あった方が便利なスキルだ。

ちなみに、魔法とスキルの違いはどこにあるのか。お買い物アプリはタブレットで見ているので、スマホで『異世界の歩き方』を見てみる。

いや、「歩き方」なんだから、二つの違いが載っているとは限らないんだけれど。

「あった……」

これは、至れり尽くせりと言うべきか？

それはともかく、魔法とスキルの違いは、魔力を消費するかしないかにあるそうだ。

魔法は当然、魔力を消費する。消費量は、使う魔法によるらしい。スキルは、魔力を消費しない。それなら、スキルの方が使い勝手がよさそうな感じだが。

そこは、やはり落とし穴というか。魔法は使える術式が多いけれど、スキルは単一のものばかりなんだとか。

そして、魔法には階位があり、その階位の範囲内の術式しか使えない。火魔法1だと火球と火槍を単発で出せるが、それ以外は使えないそうだ。

スキルは対応する結果と対になっていて、使用回数によってレベルが上がり、使える範囲などが広くなるという。

着火というスキルでは、ろうそくの火程度の小さい火を生み出すことができるけれど、それ以外のことはできない。レベルが上がれば、その火の数を増やすことができる。

「なるほどねー」

なるべく多くの魔法とスキルを持ち、場面に合わせて使い分けるのが一番なのか。とはいえ、火魔法1ですら、1億円のお値段なのだけれど。

それを考えると、この初心者セットは破格の値段だ。だが、80万……

「ええい！　これも先行投資だ！」

バリアと浮遊があれば、この危険なダンジョン内でも安全に歩き回れるだろう。『異世界の歩き方』には、敷地周辺で採取できる素材もそれなりの値段で買い取ってもらえるとある。なら、80万でこのセットを買い、残り20万で当座必要な食材や日用雑貨、着替えなどを買えばいい。幸い、魔法やスキル以外は値段が安いんだし。

カートに初心者セットをまず入れ、そこから食材その他を入れて値段の調整をしていく。自動計算万歳。

結果、ぴったり100万円になった。消費税はいらないらしい。いいことだ。購入ボタンをタップすると、チャリーンという何とも言えない音が周囲に響く。

「まさか、ここでこの音を聞くとは」

思わず硬貨を落としたかと周囲を確かめたくなるけれど、これはアプリが鳴らした音だ。

そういえば、アプリで買った品は、どうやってここに届けられるんだろう？　玄関に置き配？　それとも、食材なら冷蔵庫に入ってるとか？　手間いらずだから、後者がいいな。

そう思っていたら、お買い物アプリの画面にピコンと選択画面が出た。

「配送先を指定？　ああ、ここで指定した場所に来るのか」

指定できる場所は、全て屋内だ。三和土《たたき》、私室、ダイニングキッチン、洗面所。この中なら、今回はダイニングキッチンだな。

選択画面をタップすると、テーブルの脇に木箱が出現した。段ボール箱でなく、木箱か。レトロだな。

「よく考えたら、こっちに段ボールなんてないか」

木箱の蓋《ふた》は止められていないので、簡単に外せる。中には確かに注文した品が入っているんだが……初心者セットは？　どこに、どういう形で入ってるんだ？

そもそも、買った魔法を使えるようにするには、どうすればいい？

「困った時には、『異世界の歩き方』だな」

タブレットは私室に置いてきてしまったので、スマホからアプリを起動する。さっきまでは気付かなかったけれど、検索機能があった。

「魔法……と」

タップすると、魔法に関する情報が記載されたページのアドレスがずらずらと出てくる。

「あ、これか？　……魔法のインストール方法？」

魔法って、アプリだったのか。

お買い物アプリで魔法やスキルを買うと、アプリ内の購入画面に買った魔法やスキルが表示される。

それをタップすると、スマホ及びタブレットに魔法やスキルがインストールされ、持ち主が使えるようになる……と。

魔法やスキルを使うのに、スマホを持ち歩く必要があると？　私、スマホはよく不携帯になるのだが。これからは、肌身離さず持ち歩けということかな？

スマホの画面を睨《にら》んでいたら、ピロリンと鳴る。幼女女神からのメールだ。

『ズボラじゃのう。そんなそなたのために、そのすまほとやらには便利機能を付けておいたぞよ。一定距離離れると、そなたの手元にすまほが戻るのじゃ。ズボラなそなたにはちょうどよい機能じゃろう？　わらわに感謝するがよい』

言い方……書き方？　はムカつくが、確かに便利だ。ずぼらという言葉にはムカつくが。

まあいい。続きだ続き。お買い物アプリの購入画面には、確かに魔法とスキルの項目があり、買ったばかりの初心者セットが入っていた。

これをタップしてインストール。インストール終了後は、ホーム画面に「魔法」「スキル」というアイコンが追加された。これで、魔法とスキルを使えるようになったのか？

「物は試し。ログハウスの外で実験してみよう」

玄関に向かいかけて、お腹から空腹を訴える音が響いた。空腹さえ忘れる己の好奇心よ。それは9つの命を持つ猫をも殺すんだぞ。自重しなくては。

ダイニングキッチンには、地味な時計がかけられている。時刻は2時。外の明るさから見て、昼の2時だろう。そりゃ腹も減るわけだ。

今回購入した中から、焼きそばパンとメロンパンを取り出した。インスタントコーヒーも買ったから、コーヒーとパンで昼食にしよう。

お腹が空いていたから、菓子パンを1個追加して合計3つ食べたのだけれど、お腹が苦しい。

おかしい。いつもなら、3つくらい何でもないのに。これはあれか？　体が小さくなったから、胃も小さくなったのか？　ともかく、この苦しさは運動して解消しようではないか。

さすがにノースリーブのワンピースで外に出る気にはなれない。今回買った着替えの中から、カーゴパンツとTシャツ、靴下、スニーカーを取り出して着替える。スニーカーは手に持って玄関へ。

ログハウスにはカバードポーチ……屋根付きのスペースがあり、そこから階段を下りて外に出る。

敷地は、周囲をぐるりと木製の柵《さく》が囲っていた。ログハウスのちょうど正面には、小さな木戸がついていて、あそこから出入りするらしい。

さて、まずは初心者セットを試しておかないと。

「バリアは……と」

スマホの画面から、魔法のアイコンをタップすると、使用できる魔法の欄に「浮遊」と「バリア」とある。今回はバリアをタップ。

「……特に何か変わったところはないような」

もう一度スマホを見てみると、画面はバリア設定へ移っていた。そこでは、色や厚み、どんな機能を付けるかが設定できるらしい。

今のところ、バリアに色を付ける項目しか選べない。他はグレーアウトの状態だ。

「このままだとバリアがあるのかないのかわからないから、薄く色を付けておこう」

色はＲＧＢで設定するらしい。それぞれのバーを弄って、薄い水色にした。設定を反映させると、確かに私を包む歪《いびつ》な卵型の水色が、周囲にある。

「おお。これがバリア」

次は浮遊。これも魔法だ。画面を魔法の選択画面に戻し、浮遊をタップ。

「おおおお！　確かに浮いてる……けど、20センチくらい？」

浮遊はその名の通り、地面から20センチくらいのところに浮かんでいるだけの魔法だ。

思っていた以上に高いかも？　地面から5センチくらいかと思ってた。

一歩前に進むと、何だかふわんとした足元からの感覚がある。これ、気を付けないと疲労が足から来そう。その分、固い地面を歩いても足を痛くしなさそうだけれど。

査定はスキルで、これはまた別のアイコンをタップする必要がある。試しに、敷地内で見つけた石を査定してみた。

「石。値段なし」

まあ、そうだろうな。ただの石に値段が付いたら、それはそれで怖い。帰還の方は、一度外に出る必要がある。

それは、また明日にでも試してみよう。

買った品を片付けて、風呂を入れてまだ明るい時間帯に入る。贅沢《ぜいたく》な時間だ。日本で働いていた時は、日の高い時間に家に帰ったことはない。

週末も、なんだかんだで呼び出されることが多かったし。何より日頃の疲れから、日中家にいる時は寝ているか、食材の買い出しに出ていることが多かった。

こんな風に、明るい日の中で入るお風呂は贅沢だ。これで好きな音楽をかけられたら、もっといいんだけど。

音楽データは、お買い物アプリにあるだろうか。あと、ワイヤレスの防水スピーカーも。ないとスマホからそのまま聞くことになる。

風呂上がりには冷たい水を飲んで、ほっと一息。着替え、2日分くらいしかないから、洗濯しないとな。

洗面所に洗濯機はあったから、あれで洗濯して、干し場はどうしよう。あれ、ドラム式だから乾燥機能が付いてるかもしれないけれど。

不意に、スマホがピロリンと鳴った。

『そこのせんたっき？　とやらは、わらわ仕様じゃからの！　れいぞーこ同様、凄い品なんじゃぞ？　何せ、入れた汚れ物は瞬時に綺麗になるのじゃからな』

「マジで？」

それは確かに凄い。でも、ちょっと待て。幼女女神は、私が何もできない人間だと思っていないか？　掃除洗濯いらずなのは、もの凄く助かるのだが。

悩んでいたら、またしてもスマホがピロリン。

『そなたがズボラなことくらい、わらわはとっくにお見通しじゃと申したであろう？　すまほの機能がいい例じゃな』

返す言葉がなかった。とても悔しい。


夕食は簡単に味噌汁、白飯、冷凍の鯖《さば》の味噌煮、お弁当に入れる冷凍食品のひじきの煮物で終わらせた。この敷地、暑くもなく寒くもなく、湿度もちょうどいい。とても過ごしやすい環境だ。

食後の食器は、食洗機があったのでそこに入れる。これ、洗濯機同様、入れただけで食器が綺麗になる特別製なんだとか。いや本当、助かるんだけれど、何かが引っかかる設備だ。

私は、そこまでズボラではないはずなんだが。

普段、夜はネットで色々見ているのに、ここにはそのネットがない。正確にはお買い物アプリにはアクセスできるけれど、動画や電子書籍、音楽などは売ってなかった。

売っていたとしても、最初の１００万は綺麗に使い切ってしまったので、稼がなくては買えないのだけれど。

その代わり、『異世界の歩き方』を熟読することにした。何やら、「世界の最初」とかいう、この世界の神話のようなものがあったのだ。

私室で、タブレットを使い神話を読む。私室にはベッドの他に、最初から書き物机と椅子が用意されていた。助かる。

神話は、幼女女神が言っていた邪神との因縁《いんねん》の話である。邪神は、以前は幼女女神に仕える一柱の女神だったんだとか。

「あの幼女女神、名前はルヴンシールって言うのか」

女神ルヴンシールは、この世界を造り上げた創造神。彼女の元に、あまたの神が生み出され、この世界に生まれた人間という種を導いていた。

邪神の名は、シュオンネ。女神ルヴンシールの側近くに仕え、彼女を支えた女神だという。

だが、シュオンネはいつしか大それた望みを抱くようになった。つまり、主神ルヴンシールに取って代わり、自分こそが世界を統《す》べる主神になるという野心だ。

彼女は虎視眈々《こしたんたん》とその機会を狙っていた。そしてある時、女神ルヴンシールの隙《すき》を突《つ》き、とうとうその座を奪い取ったという。

幼女女神……配下に裏切られて負けたんかい。だから幼女なんだよ。

そう思った途端、上から何かが振ってきて頭に激突した。

「あた！」

がらんがらんと音を立てて床に落ちたのは、金属製のたらい。

「何で、こんなものがここに？」

ってか、もしかしてこれ、今私の頭の上から落ちてきたのか？　天井を見ても、それらしいものが落ちてくる穴はない。じゃあ、これはどこから？

机の上に置いたスマホから、ピロリンという音。メールの着信音だ。

『わらわに不敬を働くと、神罰が下るぞよ？』

え……この金だらい、神罰なのか？　てか、あの幼女女神、どっからか常にこっちを見てるってこと!?　油断も隙もないな。まあいい、続きを読もう。

ルヴンシールを倒した邪神シュオンネだったが、彼女の思い通りにはいかなかった。

邪神は主神になるには能力が足りなくて、世界を支える力に乏しかったそう。また、世界にはまだ幼女女神の力が満ちていて、邪神の力が通じにくいのだとか。

そこで、幼女女神をあのガチャガチャに押し込め、その力を剥ぎ取りつつこの世界に自分の力を浸透させ、乗っ取ろうとしていたらしい。

ガチャガチャで出てくるのは、スキル。それらは全て、幼女女神の力を邪神が歪《ゆが》めて作り出したもの。

スキルを得た人達がこの世界で力を使い続けると、邪神がパワーアップするって仕組みらしい。

あの場にいた人達が手にしてたカプセルが、そのスキルのようだ……あの悪態吐いた人は、いいスキルが出なくてイラついていたんだな。

その邪神、力が強くなりすぎると、制御できなくなって世界を壊す可能性が高いそうだ。何せ元が能力の足りない女神だから。

しかも、この世界は元々幼女女神が造ったもの。それを、配下だったとはいえ別の神がうまく扱えるものではないんだとか。

それでも、邪神は諦《あきら》めなかった。だからこそ、よその世界である地球に干渉し、日本人を大量に呼び込んだ。全ては、自分の力を強めるため。あそこにいた人達は、全て邪神の贄《いけにえ》のようなものなのかも。

その贄に選ばれてしまった人達は、結構な人数だったと思うんだが。あそこにいた全員がこの世界でスキルを使いまくっていたとしたら、相当な力が邪神に入っているんじゃないか？

「だから幼女女神が邪神を倒さないといけないのかー。マジで世界の危機とかどんだけよ」

そりゃ幼女女神も見ず知らずの私に助けを求めるわけだ。でも、敷地に来る人間からぼったくれって言っていたけれど、あれはどういうことだろう。

首を傾げていたら、スマホがピロリン。幼女女神からのメールである。またか。

『またかとは何じゃ！　またかとは！　折角わらわが親切に教えてやろうと思っておったに』

「あー。それはごめんなさい」

こちらの音声が届くかどうかはわからないけれど、考えが筒抜けな辺り、声も筒抜けだと思っていいんじゃなかろうか。だから、多分、幼女女神に届いていると思う。

結果は、狙い通りだった。

『むう。まあ、今回は許してしんぜよう。ぼったくりの件じゃがな。わらわは創造神であると同時に、商売の神でもある』

「へ？」

そういえば、司《つかさど》るものが複数になる神様って、いたな。あれと一緒か。でも、創造神が商売の神って、どういう兼ね方だよ。

『神のやり用は、人知の及ばぬところじゃ。ともかく、そなたが売り買いをすることによって、わわらの力が回復する。何なら、そなたがそこらで採取した素材をあぷりにチャージすることでも、わらわの力は回復するのじゃぞ』

「え？　そうなんだ？」

もはや、メールと会話していることの違和感もどこかへ飛んでいっている。リアルタイムでやり取りできるのなら、面倒がなくていい。

『じゃから、これからは精を出して稼げよ。そなたが稼いであぷりでものを買えば買うほど、わらわの力が回復するのじゃ！』

何だか、自分が幼女女神の手先になったような気分だ。


ぐっすり眠って、朝目を覚ます。よく寝た。こんな快眠、いつぶりだろう。

私室の窓からは、まばゆい朝日。そして聞こえる、可愛らしい小鳥の鳴き声……

「ギャー！　ギャー！」

「ウオオオオオン！　ウオオオオオン！」

「グオラアアアア！　グオラアアアア！」

違った。魔物の鳴き声だ。実にやかましい。清々《すがすが》しい朝に似つかわしくないな。これがこれからずっと続くのかと思うと、ちょっと嫌になる。

ダイニングキッチンに下りて、朝食のパンを焼く。朝はトーストとコーヒー。何年も変わらないメニューだ。

食べ終わり、身支度を調《ととの》える。顔を洗って歯を磨いて、服を着替えた。今日着ているのは、半袖Tシャツとショートパンツ。尻ポケットにはスマホ。足元は靴下とスリッパ。

今日は柵の向こうへ出てみるつもりだ。

支度が調ったので、さて出ようかと玄関に向かったら、尻ポケットのスマホがピロリン。

「何だ？　あ、幼女女神」

いつものメールである。

『無事目覚めたな。そのまま、台所の反対側の部屋に向かうがよい』

ダイニングキッチンの隣？　そういえば、最初に見た時、何も置いていない普通の部屋があったな。大きな窓が二面にある、明るい部屋だった。

首を傾げながら向かうと、何もない。何のためにこの部屋に……あ。

「木箱？」

扉を入って左側、窓の対面にあたる壁の足元に、小さめの木箱が置いてあった。何だこれ？

再び、尻ポケットのスマホがピロリン。

『その箱の中に、わらわの神像が入っておる。毎朝しっかり祈りを捧げるのじゃぞ』

「え、いらない……あだ！」

またしても金だらいが！　どこのコントだ！

『神への不敬を、この程度で許してやるのじゃ。わらわの寛容さに感謝するがよい』

誰がするか！　この木箱ごと庭先で燃やすぞ！

「いだ！」

がごんと嫌な音を立てて、またしても金だらいが落ちてきた。またしても、スマホがピロリン。

『わらわの像を燃やすとは何事じゃ！　神罰を下すぞ！』

もう、下しているじゃないか。

痛む頭をさすりつつ、二つの金だらいを脇に避けて、小さな木箱を開けてみる。本当に、幼女の姿をした幼女女神象だ。

神像だっていうのなら、もうちょっと盛って造ればいいものを。

ともかく、この像をどこかに置かなくてはならない。

「あ」

この部屋、木箱が置かれていた壁の真ん中には、アルコーブ……壁に造られた、飾りなどを置くへこみがある。何となく、仏壇が置けそうなスペースだ。

ここなら、神像を置いておけるのでは？　大体、他はダイニングキッチンとバストイレ洗面所、２階の私室くらいだ。

なので、この部屋を神像部屋としておこう。幼女女神も、文句は言うまい。

アルコーブに置いた幼女女神の像は、何だかフィギュアのようにも見える。

「祈りを捧げる……か」

こちらでの礼拝方法は知らないので、一礼して手を合わせる。顔を上げたら、なぜか幼女女神像がピカーっと光った。

次いで、尻ポケットのスマホがピロリン。

『毎度ご利用いただき、ありがとうございます。お買い物アプリです。おめでとうございます。お客様のカスタマーレベルが上がりました。ビギナーからカッパー級1になりました。お買い物アプリでのお買い物が、常に5パーセント引きとなります』

なんと。あのアプリ、カスタマーレベルとかあるのか。それと、幼女女神像が光ったのには、多分関連があるんだろうな。

次に像が光る時が楽しみだ。

敷地には芝生が敷き詰められていて、ログハウスから木戸までは、まっすぐ石敷の小道が造られている。それがまた何とも可愛らしい。

小道の両脇に、鉢植えとかあったらもっと風情があるかも。これだけ広い敷地だと、庭を自分好みに造るのもありだろう。

でも、私は植物の育成に向かない女だ。何せ、サボテンすら枯らしたからな……ガーデニングなど、夢のまた夢。多分、このまま殺風景なままだと思う。

ログハウスを出て、木戸に向かう。足元はスニーカー。そのうち、簡単に履けるサンダルでも買おう。

この敷地を囲う柵は、私の腰の高さだ。かなり低い。背の高い人なら、簡単にまたいで出入りできるのでは？

「それに、ここって危険な魔物が多い場所だよね？　これくらいの柵なんて、飛び越えたり壊したりして、敷地に入ってきてしまうのでは？」

確かめるように柵に触れようとして、触れられないことに気付く。何か、見えない壁のようなものに当たって、触れられないのだ。

ふと、柵の上から外へ向けて手を伸ばす。やはり、柵の真上で何かに阻《はば》まれ、外へ手を出すことができない。

これはあれか？　敷地自体にもバリアが張ってあるとか？

「困った時には『異世界の歩き方』！」

スマホでアプリを立ち上げ、検索項目で敷地、柵と入力。検索すると、知りたい項目にヒットした。

『敷地は柵で外界と遮られており、持ち主が招き入れない限り何人も入ることはできません。ダンジョンの危険な魔物は近づくことすらできないので、安心してお過ごしください』

「本当に、バリアが張ってあるんだ……」

とはいえ、これで安心して過ごせるのも事実。この敷地は幼女女神が私に用意してくれた場所。ここは幼女女神に感謝しておこう。

木戸を開けて、一歩外に踏み出す。おっと、バリアと浮遊を使うのを忘れないように。

「おお。やっぱり、慣れないと歩くの大変かも」

いや、浮いているのだから、このまま水平移動ができるのではないか？　今日は何でも試す日だ。思いついたことは全てやってみよう。

とはいえ、水平移動はどうすればいいんだ？

「バランスを変えてとか？　あ、本当に進んだ」

行きたい方向にちょっと体を傾けるだけで進んだ。何だ、これでいいのか。

移動速度はゆっくり歩く程度だけれど、これで楽に移動できるのならいい。ただ、運動不足にはなりそうだけれど。

それに関しては、安全な敷地内をぐるぐる歩くことで解消しよう。

不意に、左に違和感があった。

「何だ？　あ」

左側の足元に何か落ちている。よく見ると、鳥のようだ。ただし、だらしなく開けたくちばしの内側には、びっしりと鋭い歯が並んでいる。

鳥って、こんなに歯があるんだ？　いや、その前に、なんでこんな場所に落ちて……あ。

「もしかして、バリアに激突して？」

鳥の飛翔速度で激突した程度で、死ぬことがあるんだろうか。こちらも高速移動していれば納得できるけれど。

じっと鳥を見下ろしていたら、視界の端にピコンとウィンドウが出た。拡張現実のようだ。

「ええと、ワテ鳥（所有者：五条あかり）、羽根2万円、くちばし1万5０００円、かぎ爪1万円。計4万5０００円」

もしかして、これが査定のスキル？　スキル画面から起動させていないんだけど。もしや、常時起動しているパッシブスキルというやつか？

それよりも、所有者って、どういうこと？

首を捻っていたら、スマホがピロリン。

『毎度ご利用ありがとうございます。お客様がお買い上げになった初心者セットに関するお問い合わせは、お買い物アプリカスタマーセンターまでお願いします。なお、お問い合わせの前に「よくある質問」をご覧ください』

なるほど。お買い物アプリから購入画面を開き、問い合わせを探す。

「あった。……確かに、よくある質問が並んでるね」

その中に、「査定で出てくる所有者とは、何のことですか？」という、今まさに私が聞きたい質問があった。

タップすると、どうやら魔物には所有権があるらしく、基本的に魔物を狩った個人、もしくはパーティーに所有権があるそう。

所有権は世界が決めるもので、売買や譲渡を使わなければ変更できないらしい。

……つまり、私はこのワテ鳥というのを、狩ったことになるのか。よくわからないけれど、やはりバリアに当たったことが、狩った判定になっているようだ。

「こんなこともあるんだねえ」

地面に転がるワテ鳥を見ていたら、他にも地面から生えている草に値段が付いていることがわかった。草1本で210円とか……それも、見た目はただの雑草なのに。

他にも周囲を意識して見てみると、あちこちに値段の付くものがある。木の枝、実、花、草もそうだし、何だったら特定箇所の土にまで値段が付いている。

査定で値段が付くものは、お買い物アプリで買い取ってもらえる可能性が高い。ならば、これら全部採取していこうではないか。バリアのおかげで、手も汚れない。

とはいえ、手で持つには限界がある。どうしたものか。

悩んでいたら、スマホがピロリン。画面を確認すると、幼女女神からのメールだ。

『その場であぷりに買い取りをさせるがよい』

あ、そうか。この場で買い取りに出してしまえば、持ち歩く必要はないんだ。幼女女神、感謝。

早速ワテ鳥をチャージ……するには、どうしたらいいんだ？

スマホでお買い物アプリを立ち上げ、項目を探す。あ、買い取りタブがあった。タップすると、買い取り画面に移る。

使い方は、ヘルプを見た。

「ええと、買い取り対象をカメラで撮影……よし。買い取り希望の品をタップして選択、金額が出るからＯＫの場合買い取りをタップ……と。おお」

自滅したワテ鳥や、採取した植物などを全て買い取りしてもらったら、総額10万ちょっとになった。ほんの1時間弱で、10万の稼ぎとか。

「異世界、チョロい……」

この先、金はいくらあってもいい。何せ、魔法は軒並み1億円超えなのだ。やはり、異世界に来たのなら、魔法で魔物を狩ってみたいではないか。

幸い、初心者セットのバリアが優秀そうなので、怪我《けが》一つせずに済みそうだし。

その後も、敷地周辺を移動しながら採取していった。範囲は、柵から私の身長分離れた場所まで。両手を広げた長さが、身長とほぼ同じだと聞いていたので、そのくらいでいいかと。

ちょうどログハウスの裏側に来た時、それは起こった。

「あ……れ……」

目眩を起こして、立っていられない。幸い浮遊中だし、バリアもある。倒れても怪我をすることはなかったけれど、世界が回っていて立ち上がることができない。

どうしよう。まさか、こんな場所で目眩を起こすなんて。しかも、治る気配が一向にない。

せめて、ログハウスに戻って自室で横になりたいのに。

柵にしがみ付こうにも、柵のバリアとこちらのバリアが反発して掴めやしない。掴めたとしても、木戸まで戻らなければ中に入れなかった。詰んでないか？　これ。

何か、一瞬でログハウスに帰れる手段でも……あ。

「あった」

帰還だ。確か、どんなに離れたところにいても、敷地に戻れるスキルだったはず。

目眩でスマホ画面を見るのもきついけれど、何とかスキル欄から帰還を選択してタップ。私の意識は、そこで途切れた。


明るい日差し、遠くから小鳥の……違った。魔物の鳴き声だ。しかも、かなり汚い。

目を覚ますと、床の上。どうやら、昨日あのまま寝落ちしたらしい。いや、気絶？

スマホを確認しようとして腕を上げたら、体のあちこちが痛い。打ち身ではなく、固い床で一晩寝たせいだ。

「ううう、何で昨日は目眩なんて……そういえば、今は治ってる」

痛む体を何とか宥めつつ起き上がる。少し体を動かすだけで痛い。

「今何時だ？　……朝の7時」

時間を確認した途端、お腹がぐうと鳴った。昨日は、朝しか食べてなかったんだった。部屋に戻ったのが、多分昼前。そこからこの時間まで、何時間寝ていたんだろう。

「あ、スニーカー！　……履《は》いてない」

ダイニングキッチンに行くついでに、玄関を確認しておこう。多分、スニーカーはそこにある。

一瞬で戻れるだけでなく、下足をきちんと脱いで部屋にいるなんて。スキルって凄いんだな。

果たして、スニーカーは玄関にあった。

キッチンで空腹に耐えきれず、朝から冷凍のチャーハンをレンジで温めて食べる。二人分あるのに、一人でぺろりと食べてしまった。恐るべし、空腹。

食事の後は、歯を磨いてシャワーを浴びて着替える。昨日は、どうして目眩を起こしたんだろう。原因がわからなければ、また同じことを繰り返す。

「あ、神像に祈らなきゃ」

面倒だけれど、やらないときっと幼女女神が金だらいを落としてくる。あれ、地味に痛いのだが。神罰と考えれば軽いのだけれど、痛いのは勘弁してほしい。

神像部屋にした玄関脇の部屋に向かい、幼女女神像にお祈りをする。

「えー、おはようございます。今日も一日よろしくお願いします」

『うむ。感心感心』

神像が喋った。本来なら驚くところだが、何せ異世界転生などという非常識なことを体験し、魔法やスキルまで使ってしまったのだ。今更神像が喋ったところで、驚くに値しない。

『ところでそなた、昨日は魔力を使い切ったようだの』

「魔力？」

あるのか？　そんなの。いや、魔法を使った以上、あるのは当然か。じゃあ、あの目眩は魔力を使い切ったせい？

『気を付けよ。魔力を使いすぎると死に至るのじゃぞ』

「え⁉」

魔力を使いすぎると、死ぬ？　今度こそ驚いていると、幼女女神の神像から声が響いた。

『とはいえ、今の自分の数値を知らねば、どうにもなるまいて。特別に、いいものをあぷりに入れておいてやろう。これからも、毎朝祈りを捧げるのじゃぞ？』

幼女女神の像はそう言い残すと、もう何も言わなくなった。

これ、神像はアンテナか端末のようなものなのか？　何の変哲もない、石膏《せっこう》作りの像だと思うんだが。

まあいい。幼女女神が言っていた、いいものとやらを見てみようじゃないか。

タブレットは基本、私室の書き物机に置いてある。お買い物アプリはスマホからでもアクセスできるけれど、やはり画面が大きい方がいい。

なので、私室へ戻ってタブレットでアプリを立ち上げる。

「お」

トップ画面に大きな赤字で「新入荷」とある。目立つことこの上ない。タップできそうなのでしてみたら、魔法とスキルの購入画面に飛んだ。

「新入荷は、スキルか……ん？　ステータス表示？」

説明文を読むと、自身、もしくは対象のステータスを表示するらしい。表示したステータスは他者には見えないが、任意で開示することは可能とある。

自分や他の人のステータスを見られる……と。確かに、これは「いいもの」だ。しかも、ステータス表示はスキル。魔力は使わない。

これがあれば、魔力を使いすぎずに済む。

「で、問題のお値段は……40万円？」

高。いや、機能を考えると高くはないんだろうけれど、ここから40万貯めることを考えると……ん？

お買い物アプリには、右上に現在の総資産が表示されている。チャージされている金額が表示されていて、その金額までは買い物ができますよというものだ。

それはいいんだが。総資産額の桁がおかしい。6桁あるんだが？　いや、いつの間に50万以上も稼いで……あ。

「昨日のワテ鳥か！」

あの鳥、1羽で4万5000円になったはず。目眩を起こす前に10羽チャージしたから、最低でも45万円になったんだ。

他にも草とか木の枝とか実とかをチャージしているので、合計50万円超えになったらしい。

幼女女神、この総資産額、知っている？　だからギリギリの40万という値段を付けてないか？

人の足元を見おって。

怒りは湧くが、あると便利なスキルが入ったのも事実。ここはおとなしく購入して、魔力を使いすぎないように採取していこう。

1日に50万円以上も稼げたんだ。あの鳥がまた出れば、明日も似たような金額を稼げるはず。

そうすれば、他の魔法を買える時が来る。

それまで、頑張ろう。


人間、生きていると何かしら必要になって物を買う。この敷地には当然店などないから、買う先はもっぱらお買い物アプリだ。

アプリから品物を送ってもらうと、もれなく木箱で届く。この木箱がくせ者でな……

段ボール箱のように畳んでおくわけにもいかず、積み上げる以外に手がない。

「あっという間に、木箱だらけになったね……」

ダイニングキッチンの隅に積んでおいた木箱が、そろそろタワーになっている。いつ崩れてもおかしくない状態だ。

段ボール箱なら多少当たっても怪我はないけれど、木箱となるとそうもいくまいて。どうしたものか。

「いっそ、木箱も売れないかな……ん？」

木箱をじっと見ていたら、査定スキルが反応した。木箱、1個20円。安。とはいえ、買い取りしてもらえるのなら、ぜひ売ろう。

木箱の総数25個。締めて500円。いいんだ、部屋が綺麗になっただけで。

2章　いらっしゃいませカモネギ

　魔力を使いすぎて倒れてからこっち、採取は午前と午後に分けるようになった。朝起きて神像部屋で祈り、朝食を食べて身支度をしてから外に出る。

　どうも、魔力食いなのはバリアのようだ。だが、あれを張っていないと色々と危険だし、使わないという手はない。

　その代わり、少しでも魔力を温存するため、浮遊は使わなくなった。全体から見れば微々たるものだけれど、多少の余裕を持って帰還スキルを使えるようになったから、多分間違っていない。

　午前中は時計回りに、午後は反時計回りに敷地の周囲を回り、採取を行う。そういえば、あのワテ鳥は毎日のように狩っている。といっても、勝手に突っ込んできてはバリアに激突して落ちていくのだ。手間いらずではあるけれど、あの鳥は学習しないのかな。

　おかげで一日に最低でも5万は稼げるようになっている。もっとも、あの鳥が来る時は必ず複数で来るので、あっという間に50万くらいいくけれど。

　それと、不思議な点がある。前日にむしった草が、翌日にはもう復活しているのだが。アシタバか何かなのか？　これも、毎日採取できるからいいんだけれど。

何せ、今の私には目標がある。魔力のアップだ。いつまでも魔力量を気にしながら行動するのが面倒になったので、いっそ魔力の上限を上げることを考えた。

まず『異世界の歩き方』で魔力の上げ方を調べるも、なかった。次にお買い物アプリで検索してみた。こちらにもない。

最後の手段として、朝のお祈りタイムの時を使ってみた。

『えー、魔力を増やしたいでーす。何か方法はありませんかー』

『そなたの魔力が増えたら、何かいいことがあるのかのう？』

『魔力が増えれば、今以上に稼げると思いまーす』

『なぬ!?　ならばすぐに対処しようぞ！』

内心ガッツポーズをしたのは言うまでもない。その日のうちに、ステータスアップアイテムというものがお買い物アプリに入荷したのだ。

これは読んで字のごとく、ステータス値を上げるアイテム……ドーピングのようなものらしい。地球世界のドーピングと違うのは、一度使って上げたステータス値は下がらないところ。

魔物が使う呪いなどで一時的にステータス値が下がることはあるそうだけれど、それも解呪したり時間経過で元に戻るそう。

私の場合、何はなくとも魔力を上げなくてはならない。入荷したアイテムの説明を読んでいたら、どうやら魔力そのものを上げるアイテムより、ステータスを上げた結果、魔力が上がるようにした方がお得のようだ。

魔力に関わるステータスは「知力」「精神力」「魔法力」。の3つ。そして魔力にも生命力にも影響が出るのが「運」。

ちなみに、私の現在のステータスがこちら。

生命力　24
魔力　48

体力　10
敏捷《びんしょう》　2
器用　1
知力　37
精神力　5

魔法力　2
運　10

漂ってくる、雑魚《ざこ》感。知力だけは高いけれど、それ以外はまさしく雑魚。モブ、一般人とも言う。

ステータスの値について、『異世界の歩き方』によると、「体力」から「運」までは10が一般的な値なんだとか。私の場合、体力と運は一般的といったところ。

「敏捷」、「器用」、「精神力」、「魔法力」は一般以下ということだな。確かに不器用だし、メンタルが強いわけでもない。ひたすら嫌なものからは逃げるタイプだから。

「魔法力」に関しては、今まで魔法なぞない世界で暮らしていたから、妥当ではないかと。

この中からステータスをアップさせるなら、やはり生命力にも魔力にも影響が出る「運」だろうか。

ただ、お買い物アプリで見た「運」を上げるアイテム、数値を10上げるのが最低で、50上げるのが最高なんだが、最低のものでも２４００万円する。安目のマンションか？

どうせステータスをアップさせるのなら、一番高い数値を50上げるやつがいい。これのお値段、1億9000万円。道は遠い。

敷地の周辺で採取活動を始めて、多分20日くらい。目標金額には、まだ手が届かない状態だ。

とはいえ、1日に稼げる金額は順調に上がってきている。少し前まで1日70万円が限界だったのだが、最近では80万円を叩き出すこともある。

いや、日本にいた頃に比べたら、もの凄いことなんだが。80万円貯めるとなったら、あの時の私だと3年はかかっただろう。それを、1日で稼ぎ出すんだから凄い。

とはいえ、目標額が額だ。頑張らねば。

現在のチャージ金額は、1000万円を少し超えるくらい。額だけで見たら凄いんだが、目標金額はこれの20倍近いのだ。

とはいえ、もう少し効率を上げたいところ。魔力がもう少しあれば、午前と午後とに分けて一周している敷地周辺での採取を、1日2周にできるかも。単純計算で今の2倍の収入だ。

何をするかといえば、今のチャージ額で買える最高のステータスアップアイテムを使う。使うのは、魔力を20上げるアイテム。

単純に、今ある金で買える最高のアイテムがこれなのだ。「知力」「精神力」「魔法力」「運」、どれも1000万では買えないアイテムばかり。一番低い10アップのアイテムでも1200万以上だ。どうしてこうも高いのか。

ちなみに、『異世界の歩き方』によれば、アイテムを使ったステータスアップには単純な計算方法がある。

魔力量を上げる場合、単純に「魔力」アップを使うと数値にそのまま影響が出る。私の初期値が48なので、そこに20上げるアイテムを使えば68。ただし、他のステータスは上がらない。

これが、「知力」を、買えるギリギリの範囲である10上げるとすると、「知力」は47、「魔力」は69になる。

つまり、「知力」「精神力」「魔力」のいずれかを10上げる方が、魔力を20上げるよりも結果がほんの少しだけ大きい。ここに、200万の差があると思われる。

しかも、「知力」「精神力」「魔法力」を上げると、更にお得になる。

魔法を使う場合、知力を上げると、習得できる魔法の種類と数が増える。お買い物アプリで売っている魔法は「火魔法1」「水魔法1」「風魔法1」「土魔法1」。これは術式そのものを買うのではなく、魔法を使う素地のようなものを買う……らしい。

魔法を使うには、まず素地を用意してその上で術式を覚えて使う必要がある。言うなれば、お買い物アプリで売っているのはOSか、専用端末のようなものだ。

OSもしくは端末には基本的なアプリが入っていて、それは買えばすぐに使える。OSもしくは端末で使える術式を増やすには、「知力」をアップして新しいアプリをインストールする以外にないということだな。

次に「魔法力」を上げるとどうなるか。魔法の威力が上がり、必要魔力が少なくなる。威力云々《うんぬん》は置いておいても、必要魔力が減るのはいい。何せバリアと浮遊は魔力食いだから。

残る「精神力」だけど、上げると魔法の発動速度が上がるそうだ。大型の術式は、発動に時間がかかるそうなので、このステータスも上げておいた方が安全かもしれない。

もっとも、その前に魔法を全部買えるくらいに稼がねばならないが。そのためにも、まずは魔力量を上げておきたい。

というわけで、先に魔力量を20ほど上げておこうと思う。

「ステータスアップアイテムって、どんな形で使うんだろう？」

魔法やスキルのようにインストールするタイプなのか、それともまさしくドーピングのように錠剤か何かなのか。

とりあえず、お買い物アプリでアイテムを買ってみた。配送先指定の画面が出たので、インストールタイプではなさそう。

今いるダイニングキッチンを配送先に選び、タップすると目の前に小さめの木箱が出現する。蓋を開けると、緩衝材の中に埋もれるようにして、アイテムが入っていた。

「これは……ドリンク剤？」

サイズ的に、栄養ドリンクっぽい。ラベルには「魔力アップ（20）」って書いてある。

何と言う、胡散臭《うさん》さ。まさか、ステータスアップアイテムがドリンク剤だったとは。でも、買った以上、飲まないという手はない。大体、これ１本で９００万だぞ。使わなかったら丸損だ。

「ええい、女は度胸！」

栄養ドリンクっぽい蓋を開けて、ぐいっと一気に呷《あお》る。あ、味はマスカット風味で美味しい。

飲んだ後、特に体調に変化はなかった。ステータスをいじるアイテムなんだから、目眩とか意識を失うとかあるかと心配してたけど、大丈夫らしい。

念のため、ステータスを表示させたら、確かに魔力がアップしてた。現在の魔力量は68。

さすがに初期値の2倍とはいかないけれど、それなりに増えた。これで午前中に敷地を一周できるといいのだけれど。


魔力量が増えて、一人地味に浮かれていたら、外から何やら声が聞こえてきた。最初、また魔物が敷地の周辺に現れて鳴いているのか？　と思ったが、どうやら違うらしい。

あれは、もしかして。

はやる気持ちを抑えて、なるべくゆっくりと玄関に向かい、扉を開ける。まっすぐ先には木戸があって、そこに人の姿があった。人数は4人。全員薄汚れていて、背後を警戒している。

ここから見るに、男性二人に女性二人の4人組だ。男性は長身の金属鎧を着た人が、大柄な男性を抱えている。大柄な男性は、怪我をしているのか？　装備がところどころ血で汚れているようだ。女性はつばの大きな帽子を被《かぶ》った人と、シスターみたいな格好の人。

シスターっぽい人が木戸を叩いている。彼女の声が、ここまで届いたらしい。

「※＠＊＄％＆!!」

しまった。何を言っているのかわからない。まさか、ここに来てこの世界の言語がわからないとは思わなかった。普通、神様が関わる転移や転生の場合、言語は最初から習得済みなのでは？

どうしたもんかと思っていたら、目の前にいきなりステータス画面が出てきた。

「え……？　スキルを使っていないのに、何で勝手に……あ」

ステータスなので、持っているスキルや魔法も全部記載されている。初心者セットやステータス表記のスキルもちゃんとあった。

その中に「ＮＥＷ」と付いているスキルがある。自動翻訳。

幼女女神！　これくれるの遅いよ。でもタダでくれたから感謝しますありがとう。あとでちゃんとお祈りしておかないと。

早速自動翻訳を使う。……のはいいんだけれど、どうすればいいんだ？　これ。あ、ステータス画面に文字が浮かんだ。

『こちらをタップすることで、オンオフができます』

なるほど。迷わず、ステータス画面の自動翻訳をタップ。途端に、向こうの音声が日本語で聞こえてきた。

「助けてください！　怪我人がいるんです！」

「おい、大丈夫か？　ホーイン密林は何度も入っているけれど、こんな家、見たことないぞ？」

「確かに怪しいけれど！　イーゴルの命には替えられないでしょ⁉　ラルも文句言っていないで、お願いしなさい！」

シスター風の女性の後ろで、長身の男性と帽子の女性が言い合っている。確かに大柄な人は怪我を負っているようだけれど、うちには救急箱も何もないぞ？

こんなことなら、お買い物アプリで救急セットくらい買っておけばよかった。

いや、それよりも。彼等を招き入れるかどうか、今、この場で決めなくてはならない。

幼女女神は、敷地に来る人間からぼったくれと言っていた。現状、私がここから出られない以上、相手から来てもらう必要がある。

だが、先程長身の男性も言っていたように、ここは危険なダンジョンだ。誰でも簡単にここまで来られるわけではないだろう。

なら、彼等を逃したら、次に「誰か」が来るまで、収入は私が草むしりした結果だけか？

敷地は、持ち主……すなわち、私が招き入れなければ、誰も中に入れない。そして、私に害を与える相手は弾き出す。

なら、彼等を招き入れても私は安全ということだ。

意を決し、扉から外に出る。玄関から出て、カバーポーチを過ぎ、階段を下りた。ログハウスからまっすぐに伸びる小道を小走りで駆け抜け、木戸を開けて彼等を中に招き入れる。

「どうぞ」

「ありがとうございます!!」

シスター風の人に、祈られた。彼等は木戸から中に入ると、前庭部分に大柄な男性を下ろす。

改めて怪我人を見ると、血だらけだ。これ、大丈夫なんだろうか。

「今すぐ治療をします！　あの、重ね重ねのお願いで恐縮なのですが、桶《おけ》に一杯水をもらえないでしょうか？」

「水？　ああ、はい」

桶に一杯って、このログハウス、桶なんてあったっけ？

とりあえず風呂場に向かうと、目に入ったのは神罰で落とされた金だらい。そういえば、3つくらいあったっけ。

桶……これも、ある意味桶のようなもの？　でも、これに水を入れたら、私一人で運べるか？　水って重たいぞ？

一瞬悩んで、スマホからお買い物アプリを立ち上げる。

「ええと……あった！」

水用のタンク。災害時などに、水を汲《く》んでおくのに便利な品だ。20リットルでいいだろう。すぐに購入し、届いたそれを軽く水で洗ってから、水道の水を入れていく。水20リットルというと、20キロくらいか？

距離的には短いし、何とか運べるだろう。いざとなったら、浮遊を使ってみる。自分以外のものも浮かべられるかどうか知らないけれど。

20リットルを貯めるには、それなり時間がかかった。やっと満杯になったので、蓋を閉め、タンクにバリアを張ってから浮遊を使う。できた。ちゃんと浮いてる。

バスルームでタンクに水を入れたので、ここから玄関までタンクを蹴りながら進む。浮いているからか、なめらかに滑っていくのが何だか面白い。

片手には、金だらいを持つのも忘れない。

外に出て、彼等がいる場所までタンクと金だらいを持っていく。シスター風の人が、大柄な男性に手をかざしていた。あれは、何をしているんだろう。

「おお、水か！　……って、それ、水、だよな？」

長身の人が、私の足元にあるタンクを見て、不思議そうな顔をしている。やべ、こっちにはタンクなんてないのか。しかもこれ、ポリタンクだよな。

一瞬どう誤魔化すかと考えたけれど、ここは勢いで押してしまえ。

「水！　持ってきました！　これ、桶代わりに使ってください」

金だらいを地面に置き、タンクの水を中に入れようとして、固まる。ここまで持ってくるのはできたけれど、水を移し替えることができるのか？

バリアと浮遊を切ってタンクの蓋を開け持ち上げようとしたら大きな手がタンクの取っ手にかかった。

「重いだろう？　任せてくれ」

おお、長身の人がイケメンに見える。実際にはかなり汚れていて、臭いもアレだが。無精髭《ぶしょうひげ》も生えてるし。

その彼は、軽々とタンクを持つと、金だらいに水を移し替えていく。

「セシ、水だ」

「ありがとうラル……これ！」

金だらいの水を見た途端、シスター風の女性が凄く驚いている。

「どうかしたのか？」

長身の人が驚いている。私も、それが聞きたい。水道から汲んだだけの水なのに、何か変だっただろうか。

シスター風の女性は、凄く嬉しそうな顔になった。というか、よだれが垂れているんだが。

「ものすっごく神力に溢《あふ》れた水よ！　ああ、これ、一体どこで――」

「セシ！　今はイーゴルを治療するのが先よ！」

とんがり帽子の女性に窘められ、シスターさんは我に返る。

「あ、そうでした。これだけ神力のある水なら、問題ありません。全回復させます！」

シスターさんは、そう言うと、いきなり金だらいに両手をかざし始めた。何をやっているんだろう。そう思ったのもつかの間。

彼女の両手から淡い光が水に落ち、瞬時に金だらい全体が白い光で覆い尽くされた。その光が、横たえられた大柄な男性に吸収されていく。

光が全て男性に吸収されたあとには、空の金だらいがあるだけ。今の、何だったんだ？　というか、水、どこ行った？

シスターさんが、軽い溜息を吐く。それと同時に、横たえられた大柄な男性がむくりと起き上がった。

「これで大丈夫」

「よかった！」

「命拾いしたわね、イーゴル！」

「あ、ああ……」

先程まで血まみれでぐったりしていた大柄な男性が、あちこちを確認している。本人も、今自分が生きているのが信じられないようだ。

その様子を、何となく眺《なが》めていたら、シスターさんに詰め寄られた。

「このお水！　一体どこのですか⁉」

「うおう！」

思わず悲鳴が出る。凄い圧だ。先程までは、額に汗して大柄な男性に寄り添っていたのに。さらさらの長い髪を振り乱し、こちらに迫ってくるシスター。目の前に迫る双丘。デカい。

「これだけ神力に溢れた清らかな水、そうそう手に入るものではありません！　神殿にだってありませんよ！　一体どれだけ神力の強い場所の水なんですか⁉」

「セシ！　落ち着け！　どうどう！」

長身の男性がシスターさんを押さえてくれている。それでもぐいぐい押してこようとするなんて、何がそんなに彼女を駆り立てているのか。

それにしても、神力とはなんぞや。読んで字のごとく、神様の力ということか？

首を傾げつつ、羽交《はが》い締めになりながらなおも暴れるシスターを見ていたら、スマホがピロリン。画面を見ると、幼女女神からのメール着信だ。

『神力とは、そのまま神の力よ。その女、邪神に仕えた身ではあるが、邪神の教義に染まってはおらぬな。よいことよ』

それはいいんだが。どうして普通に蛇口から汲んだ水に、神力なんてものが混入しているのかね？　その辺りを聞きたいのだが？

『その敷地に関わるものは、全てわらわが用意した。当然、水もでんき？　も、がす？　とやらも、全てわらわの力による。当然、全てに神力が備わっておるのよ』

……ってことは、水道の水を「これは神の水」と言って売っても、罰は当たらないのか。

『いや、売るでない！　売るでないぞ!?　売ったら、最大級の神罰を下すと思え！』

えらい焦りようだな。まあ、売る先もないから売らないけれど。

目の前では、未だにシスター一人を３人がかりで押さえている。凄い力だな。

「あの、先程の水は家の中で汲んだだけなので、どうして神力が含まれているのかは知りません。ごめんなさい」

私が謝る筋ではないのだが、一応形として謝罪しておく。

「あのお水、ここで汲めるんですか!?」

しまった、言わなきゃよかった。


結局、とんがり帽子の女性により、シスターさんは眠らされた。おかげで静かになったけれど、それはそれでどうなんだ？

内心首を捻っていたら、シスターさんの仲間３人に頭を下げられた。

「仲間が迷惑をかけてしまい、申し訳ない!!」

「いえ、大丈夫です」

何が大丈夫なのかと聞かれたら、答えられないけれど。ともかく、これで話は終わりとしておこう。

「俺達は、このホーイン密林を探索している冒険者パーティー『銀の牙』だ。俺は剣士のラルラガン。気軽にラルと呼んでくれ」

「盾を扱うイーゴル。あんたのおかげで、命が助かった。ありがとう」

「魔法士のリンジェイラよ。中に入れてくれて、本当に助かったわ。改めて、ありがとうね」

それぞれ自己紹介をしてくれた。ただ一人、眠らされたシスターさん以外は。

私の視線に気付いた帽子の女性、リンジェイラさんが冷たい目でシスターさんを見下ろす。

「で、これが回復役の元修道女セシンエキア。悪い子じゃないんだけど、さっきのでもわかる通り、神様関連では色々と頭が吹っ飛ぶのよ。迷惑をかけたわね」

セシンエキアさん、見た目通り修道女なのかと思ったら、「元」ってどういうことだろう。聞いてみたい気もするけれど、今日出会ったばかりの私が聞く内容ではない。

その前に、名乗られた以上はこちらも名乗っておこう。

「あかり……です」

何となく、フルネームは避けておいた。彼等が姓を名乗らなかったから。もしかしたら、この世界では名字はないのかもしれない。

「アカリか。いい名前だな！」

明るく言う、長身のラルラガンさん。好青年という言葉が似合いそうな男性だ。薄汚れているけれど。

イーゴルさんは、少し困った顔でこちらを見ている。

「アカリは、一人でここにいるのか？」

「ええ」

「お父さんか、お母さんは一緒かな？」

「いないです」

何のための質問だ？　少し警戒心が湧く。こういう情報を知りたがるのは、強盗なんかじゃないのか？

身構えていたら、何やら3人からは可哀想《かわいそう》な子を見るような目で見られている。はて。

「こんな場所で、一人きりとは……」

「気を強く持つんだぞ」

「偉いわねえ」

……そういえば、私の外見は大分若返って、しかも美少女寄りになるという、飛んだ外見詐《さ》欺《ぎ》をやらかしているんだった。ということは、彼等は若い子が一人で生きているのを、応援しているってこと？

実際は人生2度目で、見た目の倍以上の年齢なのだけれど。でも、それをここで言うのもどうか。まず間違いなく、信じてはもらえまい。

「別に、寂しくないし。生活にも困ってませんから」

嘘ではない。昔から一人で過ごすのを苦痛に感じないタイプだ。もっとも、それは妹ばかりを溺愛する両親のせいかもしれない。何せ日常的に放置されていたからな。

「だが、こんな場所に……いや、立派な一軒家だし、広い庭もあるけれど」

ラルラガンさんは、同情的な声だったのに途中から尻すぼみになっている。可哀想と思っていたのに、よく見たら恵まれた生活をしているとなったら、混乱もするだろう。

「そういえば、どうやってダンジョンのど真ん中に、こんな家を建てたんだ？　アカリは、いつからここに？　どうやって来たんだ？」

イーゴルさんからの矢継ぎ早の質問には、答えることができない。ログハウスを建てたのも、私をここに送り込んだのも、幼女女神だ。私自身は、どうやって来たのかも知らない。

「ええと、気付いたらここにいたので、私にもよくわからなくて……」

「ええ⁉」

3人とも、酷く驚いている。

「気付いたらって、誰かにここに捨てられたってこと⁉」

「捨てるにしても、何もこんな場所まで連れてこなくたって……」

「捨てた奴は、かなりの手練《てだ》れだな」

3人は、お互いに顔を寄せ合って言い合っている。ただ、内容はこちらに全部聞こえているのだが。ここは、やはり聞こえない振りをしておくべきか。

「どうする？」

「いや、しかし、このままというわけには」

「でも、あの子一人なのよ？」

聞こえてくる単語が、何だか不穏なのだけれど。このまま、敷地から出ていってもらった方がいいのでは。でも、どうやって言い出す？

ちょっと悩んでいたら、３人がこちらを見た。真剣な顔に、こちらの背筋も伸びる。

「その……こんな状況で言うことじゃないとはわかっているんだが……」

ラルラガンさんが、代表して言ってきた。

「何でしょう？」

「今夜一晩だけでも、ここで休ませてはもらえないだろうか!?」

「はあ？」

何がどうしてそうなる？

ホーイン密林は、この世界でも最悪と言われるほど強い魔物が跋扈《ばっこ》するダンジョンなのだという。そういえば、『異世界の歩き方』にも、そんなことが書いてあった。

「ここまで来られる冒険者は少ないんだ。俺達もやっとの思いでここまで来たんだが……」

「俺が、ドジを踏んでな」

「あの大怪我になったってわけ。で、ここから拠点にしている街までは、かなりの距離なのよ。怪我が治ったとはいえ、まだふらつくイーゴルが心配で」

できるだけ、万全の態勢を整えてから街へ戻りたい。それが彼等の望みだという。

そのためには、一泊だけでもしてしっかり英気を養いたい。ここなら、私のような女が一人で生活できるくらい安全で、安心して休める。

で、先程の「頼み」になったわけだ。

悪い人達ではなさそうだけれど、かといってログハウスに入れるのはちょっと勘弁願いたい。

「……この前庭だったら、いいですけど」

それでも野宿だ。文句が出るかと身構えたが、意外な反応が返ってきた。

「本当か⁉　ありがとう！」

「恩に着る」

「助かったわー。じゃあ、とっととテント張っちゃいましょう！」

あれよあれよという間に、話が進む。しまった、もう一つ、大事なことを言っていない。

「あの！　大変申し訳ありませんが、庭を使う使用料をいただきます！」

「使用料？」

３人がきょとんとした顔でこちらを見る。タダで敷地に泊まれると思うなよ。

「一人、一泊10万円……じゃなかった、10万イェンです」

1イェンは1円だそうだから、一人一泊10万円ということ。どこのぼったくり宿……いや、これ、いいとこキャンプ場だな。しかも、かなり手入れの悪い。

だが、この敷地にやってきた人間からぼったくるのは、幼女女神の思し召《おぼめ》し。手は抜かない。私の申し出に、3人はどう出るか。

「一人、10万?」

「そんな」

「駄目よ! アカリ」

3人からは、否定的な言葉。と思っていたのに。

「格安だな!」

「この危険極まりないダンジョン内で、安心して眠れる場所を、たった10万で借りられるとは」

「そうよ、アカリ。もっと高くしなきゃ。足元見られるわよ?」

相手の足元を見て言ったはずなのに、逆のことを言われるとはこれいかに。その後も、リンジェイラさんによるお説教は、しばらく続いた。

どうやら、彼等にとって私は世間知らずの子供という位置づけになったらしい。いや、確かにこの世界のことはよく知らないけれど、見た目以上に年食っているのだが。

「ホーイン密林は、腕に覚えのある冒険者にとっては、今一番話題の場所なんだよ」

あっという間にテントを建てた彼等から、このダンジョンについてのレクチャーを受けている。自分が住んでいる場所なのだから、もっと理解しておくべきだ、というのが、リンジェイラさんの言だ。

ちなみにこのテント、セシンエキアさんが腰に付けていたポーチから出てきた。驚いていたら、逆に銀の牙に驚かれたんだが。

何でも、魔道具の一つらしく「魔法の鞄《かばん》」というらしい。英語に直訳すれば「マジックバッグ」。なるほど。

その中から出てきたテント一式で、彼等はあっという間にテントを張ってしまった。手慣れている。今はそのテントの前に折りたたみの椅子とテーブルを出し、そこで話を聞いている。まるっきりキャンプだな。

セシンエキアさんは、テントで寝かされている。起きると厄介《やっかい》だからと、そのままにしておくらしい。

彼等の説明によると、ホーイン密林自体もまだろくに探索されていないのだが、実はこのダンジョン、奥にもう一つ、手つかずのダンジョンがあるという。

ホーイン密林は森林型ダンジョンと呼ばれるもので、広大な森林がそのままダンジョン化しているそう。そして、そのダンジョンの中にもう一つのダンジョンの入り口がある。こういう場所は、二重ダンジョンと呼ぶらしい。

「二重ダンジョンは、大陸の反対側に一箇所見つかっている程度で、ここが二箇所目なのよ」

近隣には、いくつものダンジョンがあるけれど、二重ダンジョンはここだけ。それだけでも、希少性がわかろうというもの。

ちなみに、奥にあるダンジョンは洞窟型のよくあるタイプらしい。名前は、まだない。

「その洞窟型のダンジョンには、まだ調査すら入っていないんだ」

ダンジョンというのは、冒険者ギルドが調査して、初めてダンジョンと認められるのだとか。でも、洞窟ダンジョンにはその調査が入っていないという。

「それで、どうしてダンジョンだってわかるんですか？」

「ギルドの調査には、護衛役として腕利きの冒険者が同行するんだ。で、以前別のダンジョンの調査に同行したことがある冒険者が、その洞窟型ダンジョンを見つけ、吹き出す魔力量からダンジョンだと確信したらしい」

ギルドが調査すると言っても、やはり魔物に慣れた冒険者の同行は不可欠。なので、新しいダンジョンを見慣れた冒険者というのも、存在するそうだ。

そして、偶然にも洞窟ダンジョンを見つけたのは、そうした冒険者だったそうだ。

「なら、その人がギルドに行って、調査を請け負えば認められるんですか？」

私の質問に、ラルラガンさんとイーゴルさんが目を逸らす。何だ？

「今、ティエンノーには洞窟ダンジョンを調査できる人員がいないのよ」

リンジェイラさんが、ぽつりとこぼした。

「ティエンノー？」

「……トールワーン王国の中で、一番ホーイン密林に近い街よ。私達も、そこから来たの」

リンジェイラさんによれば、このホーイン密林には３つの国が接している。先程名前の出たトールワーン王国、その隣にあるのがウェターゼ王国、そしてホーイン密林を挟んでトールワーンの対面にあるのがレネイア王国。

「別にトールワーンだけで洞窟ダンジョンの調査をする必要はないんだけれど、一応見つけたのがトールワーンの冒険者だったんですって。さっき話に出た、調査に秀でた人達よ」

「そうなんですね」

ダンジョン調査にも、優先権のようなものがあって、発見者にその権利があるそうだ。大抵は付き合いのあるギルドにその優先権を売るらしい。

「で、その凄腕冒険者達も優先権を売ってしまってね。数年前によその国に移っちゃったわ」

「そうなんですか？」

「当時はそりゃあ騒ぎになったものよ。あの人達の代わりになるような人材、ティエンノーにはいないし」

リンジェイラさんは嘆いている。まるで、その凄腕の人達のファンだとでも言わんばかりだな。

それにしても、その凄腕の人達は、後進を育てなかったのだろうか？　気にはなるけれど、私が聞くことじゃない。

「そういう事情で、今ティエンノーからは調査隊を出せないの。つまり、洞窟ダンジョン……ああ、私達が勝手にそう呼んでる、奥にあるダンジョンね。そこは、まだ誰の手も入っていない、お宝満載のダンジョンなのよ！」

言っている最中から、リンジェイラさんはお宝に興奮したのか、声が大きくなって早口になっていた。

そんな彼女の声に、呼び覚まされた存在がある。

「もー、リンの声がうるさすぎて、起きちゃいましたよー」

巨乳シスター、セシンエキアさんがテントから出てきた。そういや、リンジェイラさんもデカい。何だこのパーティー。巨乳しかいないのか？　いや、半分は男性だけど。

でも、男性の胸筋も凄いよな。やっぱり、巨乳パーティーじゃないか。

「セシ、まだ寝ぼけているの？　あんたが興奮しすぎて彼女に迷惑をかけたから、私が眠らせたのよ」

「ああああ！　先程の神水をくださった方！　あの素晴らしい神水を、もう一度――」

「いい加減にしなさい！」

「あう！」

リンジェイラさんの杖が、セシンエキアさんの頭部にヒット。いや、凄い音がしたんだけど、大丈夫なのだろうか。血は出ていないし、本人も痛がっているだけで特に問題はなさそうだが。

「彼女の厚意で、ここに一晩泊めてもらえることになったの。その恩人に、何やってんのあんたは！」

「ううう、だってぇえ」

「だってじゃありません！　少しは自分の変態さを隠す努力くらいしなさい！」

あ、リンジェイラさんも、あれが変態のすることだと認識しているんだ。

その後もリンジェイラさんによる説教は続き、セシンエキアさんはぐったりした。脇で聞いていたラルラガンさん、イーゴルさんもげっそりしている。

そんな彼等の腹から、空腹を訴える音が響いた。

「セシ、魔法の鞄から食べるもの、出して」

どうやら、彼等の魔法の鞄は食料まで入っているらしい。でも、リンジェイラさんに言われたセシンエキアさんは、ぷくっと頬を膨らませた。

「もうありませんよう。素材を入れるのに、あらかた捨ててしまったから」

「「「え」」」

セシンエキアさんの言葉に、ラルラガンさん、イーゴルさん、リンジェイラさんの声が揃う。

「私達の魔法の鞄は、容量が少ないんですから。素材を優先した結果、容量が足りなくて捨てたでしょ？　皆も、見ていたはずですよ？」

「そ、そういえば……」

「まさか、あれがこうなるとは……」

「お腹空いたのにい」

「皆で決めたことです。私は悪くありません。それにしても、本当にお腹が空きましたねえ」

4人がそれぞれ空腹を嘆いている。そのうちの一人、セシンエキアさんだけがこちらをじっと見ていた。

「……何です？」

「あの家、あなたの家ですよね？」

「ええ」

「食べるもの、あるんじゃありませんか？　恵んでください！」

ストレートだな、この人。でも、他の３人の飢えた目も、こちらに向いている。これ、断ったら私が食べられそうだ。

「……あるにはありますが、お金をもらわないと提供できません」

「おいくらです⁉」

セシンエキアさんが迫ってくる。圧が強い圧が。

「一人、一食10万イェンです」

「ほうほう、すると４人で40万イェンですね」

「その前に、滞在費も同額かかりますから」

「そういえば、一泊お世話になるんでしたね。では、合計で80万イェン、間違いないですか？」

「……ええ」

80万って、普通に考えたら結構な金額なんだが。冒険者って、実は儲かる仕事なのか？　なら、冒険者を集めて滞在費をぼったくり、食事を提供してさらにぼったくるのはどうだ？　こんな環境劣悪な場所で、安心して寝られる場所は金を払ってでも手に入れたいだろう。

内心でそろばんをはじいていたら、セシンエキアさんがにっこりと笑って金色の硬貨を８枚出してきた。

「はい、80万イェン。美味しいお食事、期待しています」

彼女の後ろの3人の目も、同じことを考えているのがわかる。しまった。ここで普通にレトルトのものとか出したら……ん？　いや、逆にありじゃないか？

こちらの料理のレベルがわからないけれど、彼等の着ている服などから考えて、どう頑張っても地球でいう近代辺りだろう。

なら、現代日本の食へのこだわりが詰まったインスタントやレトルトは、彼等の胃袋を掴めるかもしれない。

一応、念のため預かった金貨を見てみた。すぐに査定スキルが発動するのはありがたい。

金貨：レネイア王国発行の通貨。近隣諸国では一番信用度が高い金貨で、金の含有量が98パーセントと一定している。また、偽造が難しい。1枚10万イェン。

本物だな。

「では、少しお待ちください」

ほくほくしながらログハウスに戻る。何やら後ろから「水もくださいいいいい」と叫んでいる声が聞こえるけれど、今は無視だ。

ログハウスに戻り、お買い物アプリを立ち上げる。

「金貨のチャージ方法は……と」

ヘルプページのよくある質問に、ちゃんと書いてあった。素材同様、チャージ用の専用ページがあり、移動するとカメラが起動する。

このカメラで金貨を撮影すると、「チャージしますか？」とメッセージが出てきた。

「今回は全額チャージで」

またしても、チャリーンという音が響き、無事チャージ完了。

次に、彼等に出す料理を選ぶ。何にしよう？

「手間がかかるのはアウトだな」

やはり、温めるだけの冷凍食品かレトルトか。そういえば、日本のカレーはどこの国でも大抵美味しいと言われるらしい。

なら、カレーでいいか。主食はご飯がいいか、パンがいいか。

「やはり、カレーといえばライスでしょう」

お買い物アプリには、日本のパックご飯が売られている。それも、結構な種類を。

米は日本人の主食。しかも、日本人は食にはうるさい民族だ。そして、魔改造も大好き。美味しいものを食べるためなら、どんな努力も惜しまないのだ。

「どこのメーカーも美味しいご飯を出してくれてるから助かるよ」

特に有名なメーカーのパックご飯を選び、カートに入れる。カレーのレトルト5個と合わせて、値段は２２２０円。80万には程遠い値段だな。

ちなみに、パックご飯は５つ入り。カレーも５つ。１つは私の分にした。いいんだよ、バレなきゃ。


最近のレトルトはレンジでも温められるそうだ。でも、今回は５ついっぺんに温めるので、鍋を使う。レンジはパックご飯を温めるのにフル稼働だ。

ご飯が温まった頃、はたと気付く。

「皿がない」

慌ててお買い物アプリで買った。このアプリ、日用雑貨から食品、衣類や家具まで売っている。売っていないものはないくらいだ。便利なのでいいんだけれど。

皿を軽く洗い、ご飯を載せて、レトルトのカレーをかける。スプーンも忘れずに買っておいた。空腹に、この匂いは効く。

大きなトレーに皿を並べ、一つずつバリアを張る。初めてやるけれど、できた。そのままトレーを私の手の上で浮遊させれば、重さを感じずに運べる。

本当に、魔法やスキルというのは便利なんだな。

「お待たせしました」

彼等のテントまで持っていったら、４人全員のギラつく目に迎えられた。怖い。人は飢えには勝てないのだ。

バリアを外し、一皿ずつ配っていく。カレーの暴力的な香りに、全員の目が皿に釘付《くぎ》けだ。最初に渡したラルラガンさんは、ごくりと喉を鳴らす。今にもかぶりつきそうだけれど、仲間全員に行き渡るまで待つつもりらしい。お行儀がいいな。

イーゴルさん、リンジェイラさんと渡し、最後にセシンエキアさんに手渡す。

「どうぞ」

「ありがとうございます。では皆様、本日も女神様へ感謝をし、今日の糧《かて》をいただきましょう」

「女神に感謝を！」

叫んだかと思ったら、彼等はスプーンにカレーを掬って頬張った。口に入れた瞬間の刺激、鼻に抜けるスパイスの香り、そしてライスとのマリアージュ。

カレーライスを、存分に味わうがいい。

私の目の前で、皿を抱えてがっつく４人。意外にも、リンジェイラさんもがっついている。巨乳美人なのに、もったいない。

「うまい、うまい！　何だこれ？　うまい！」

「辛《から》さの中にある旨味……」

「確かに辛いけれど、美味しいわねえ」

「これはもぐもぐ神のお恵みですねもぐもぐ」

ふっふっふ。日本の食へのこだわりをたんと味わうがいい。

「アカリ、これは何と言う料理なんだ？」

「カレーです。数種類の野菜や肉を煮込み、香辛料を数種類使った料理ですね」

「「「「え？」」」」

ん？　4人が4人とも固まったんだが？

「どうか、しましたか？」

香辛料を食べちゃ駄目とか？　何か、宗教上の理由だろうか。

首を傾げていたら、ラルラガンさんが震えながら自分の持つ皿を指差す。

「ほ、本当に、香辛料が入ってる？」

「ええ、たっぷりと」

カレーって、そういう料理だよな？　実際に使われている香辛料までは知らないけれど、辛みや香り付けに色々入ってる……はず。

固まるラルラガンさんを放っておいて、リンジェイラさんが怖々《こわごわ》と言ってきた。

「香辛料なんて、貴族しか口にできないものなのよ？　もしくは、稼《かせ》いでいる商人か」

「そうなんですか？」

日本ではスーパーで色々売ってるというのに。そういえば、地球でも昔のヨーロッパなんかは胡椒《こしょう》が貴重で、同じ重さの黄金と取引されたとかいう話を聞いたな。本当かどうかは、知らないけれど。

「と、ともかく、その食事の代金はいただいていますから、安心して召し上がってください」

今の私に言えるのは、これだけだ。そのまま食べなかったら、ただの残飯、生ゴミになるだけなんだぞ。そうしないためにも、味わって食べてくれ。

私の言葉に安心したのか、４人は再び食べ始めた。心なしか、最初の時より味わって食べているように見える。

突っ立ったまま彼等を眺めているのもどうかと思い、ログハウスに戻ろうとしたら、引き留められた。

「アカリ、一緒にここで食べないか？」

ラルラガンさんだ。彼の皿は、既に空っぽ。それで、一緒に？

私の視線で気付いたのか、彼が豪快に笑う。

「いやあ、美味すぎてあっという間に食い終わっちまった。その……お替わりって、あるか？」

買えばいいだけだから、あると言えばある。もちろん、お替わりはタダ、なんてことはない。

「……追加料金をいただきますよ？　あ、お値段は一緒です」

私の言葉に、ラルラガンさんがぐりんと音を立てそうな勢いで、セシンエキアさんに向き直る。

「セシ！」

「まだ大丈夫ですー。40万追加ですよね？　ええと……はい」

セシンエキアさんが、また金貨を4枚出してきた。何でも出てくるな、魔法の鞄。

ともかく、追加料金を4人分もらったので、また温めてこなくては。あ、私の分、冷めているんじゃないだろうか。レンジで温め直すか。


結局、庭で5人、一緒に食べている。空の下で食べるカレーもおつなもの。本当にキャンプのようだ。あ、キャンプだと、カレーじゃなくてバーベキューか。

彼等からは、この世界について色々と聞かせてもらった。『異世界の歩き方』もあるけれど、生の情報はやはり貴重だ。

「ティエンノーは大分雰囲気が悪くなっているな。それも、街を治める長と、冒険者ギルドのマスターが裏で手を組んだせいだって言われている」

「ダンジョン調査の凄腕が拠点を移動したのも、それを嫌ったからだという噂でな。他にも、腕のいい連中が皆離れていっている」

「ラル、私達もそろそろあの街を出ましょうよ。ここからなら、反対側のレネイア王国にも楽に行けるわ」

「レネイアのホーイン密林側の街というと、ゼプタクスですね。あそこの評判は上々で、悪い話を聞いたことがないですよ」

どうやら、彼等の拠点であるティエンノーはあまりよくない場所のようだ。腕のいい冒険者は、こぞって拠点を移しているという。

ゼプタクスというのは、レネイア王国におけるホーイン密林攻略の最前線の街なんだとか。トールワーンにおけるティエンノーのような立場か。

彼等は、ティエンノーをあとにして、そのゼプタクスに移動するという。冒険者って、そんな簡単に国や街を移動するのか。ちょっと意外。

でも、冒険者は保障のない自由業と考えれば、納得できる。保障がない代わりに、自由にできる。逆もまた然り。自由ではあるけれど、何の保障もされないよという世界。

そんな彼等にとって、ティエンノーという街はこれから先もずっと拠点にしたい街ではないようだ。

カレーは辛い。食べれば当然水が欲しくなる。そこまで考えていなかったが、セシンエキアさんが最初に申し出てきた。

「アカリさん、あの水……あの水をください……」

言い方。ヤバい薬が切れかけている常習者のようだよ。本物は見たことがないけれど、ドラマとかで描かれる姿に似ている。

「セシ、アカリが困ってるでしょ！　とはいえ、私も水が欲しいんだけど。この庭、井戸はないのね」

ないですね。水は蛇口を捻れば出てきます。でも、庭には蛇口はありません。

「水ですか。これくらいの瓶詰めのものしかありませんが」

手で、300ミリリットルくらいの小さめの瓶を形作る。決して500ではない。もしかしたら、200ミリかも。

「1本10万で――」

「全員分、2本ずつください！」

またしても80万である。毎度あり。

ログハウスに戻って、まずはお買い物アプリを開く。確か、前に雑貨の欄で空き瓶を売っていたはず。なぜアプリに空き瓶が？　と思ったけれど、まさかこういう用途を想定していたのだろうか。

「まあいいや」

瓶を8本購入し、よく洗ってからそれぞれに蛇口から水を汲んでいく。蓋はコルク。レトロでいい。

瓶を入れる籠も購入。中に布巾を敷いて、瓶を並べる。なかなかメルヘンな感じではないか。魔法がある時点で、この世界は私にとって幻想……ファンタジーだ。なら、それに寄せていくのは、ありだろう。

日本にいた頃なら、こんなことは思わなかった。これも、転生の影響かもしれない。


明けて翌朝。彼等は無事旅立っていった。

「アカリ、感謝する」

「君は命の恩人だ。この恩は、一生忘れない」

「アカリのおかげで助かったわ。ありがとう」

「お水……あのお水をもう一度……」

約一名、微妙な反応をしているけれど、ともかく彼等が無事にここを出立できるのはいいことだ。

あの後、水を持って行ってから、あれこれ騒動はあったけれど、彼等からは締めて300万以上の金をぼったくったから、よしとする。

いきなり庭でたき火をしようとしたり、穴を掘ってトイレにしようとしたりした時は、どうしてくれようかと思ったが。

たき火は厳禁にし、トイレは移動式をアプリで購入。1日10万で貸し出した。

この移動式トイレ、優れもので、魔力を充填させておくと、排泄物をトイレ内で全て分解してくれるのだ。つまり、ゴミが出ない。最高だ。

他人の排泄物を始末するなんて、絶対にやりたくない。

たき火は、やったが最後芝生が焦げるし、熱で駄目になる。たき火台を使えばいいかもしれないけれど、敷地内は適温に保たれているので、必要ないと説得しておいた。

大体、あの人達夕暮れにはテントに入って寝てたぞ。あの狭いテントで4人も寝られるのかと不思議だったけれど、口を挟むものでもないからな。

彼等はテントと一緒に、ある程度の生活用具は持ち歩いているらしい。さすが魔法の鞄。あれ、容量が小さいとセシンエキアさんがぼやいていたけれど、十分色々入るのでは？

木戸を潜り、密林の中に姿を消していく彼等を見送った後は、片付けが待っている。さすがにゴミは残していかなかったけれど、汚れた食器とかがな。

彼等に出した今朝の朝食は、パンとコーヒー。コーヒーはもちろんインスタントだ。パンはトーストせず、そのまま。でも、日本の食パンは柔らかくて美味しいと思うんだ。

それにジャムを一瓶。比喩ではない。本当に一瓶渡したら、全部綺麗に使い切っていた。もちろん、この朝食も一人10万円……いや、10万イェン取っている。なんというぼったくり。

コーヒーに関しては、男性陣に人気だった。女性陣は、あの苦みが苦手らしい。次に女性が来るようなことがあったら、砂糖とミルクくらいはサービスしようか。

いや、次に誰かが来るのは、いつになるかわからないけれど。それよりも、勢いで買ってしまった移動式トイレをどうするか、決めなくては。

さすがにログハウスの玄関から見える位置に置いておくのはちょっと。浮遊を使って、裏手に運んでおこう。

◇◆◇◆◇

俺達「銀の牙」は、アカリの家を出てティエンノーへの道を歩いていた。晴れ渡った空を見上げると、お日様が中空にある。そろそろ昼だ。

「ああ、腹減ったな……」

空腹を訴えて、腹がグーグー鳴っている。

「まだ、街まで結構あるわよ……」

リンも、腹を手で押さえていた。お前だって、腹が減ってるんだろうに。

「せめてお昼をいただいてから、帰ればよかったですね……」

セシのぼやきが聞こえる。俺もそう思うが、昼飯を食べたら夕飯を食べたくなり、結局あそこから出られなくなりそうだ。

それに、昼を食ってから出たら、ティエンノーの門が閉まる時間に間に合いそうにない。

「さあ！　足を止めていたら、あっという間に日暮れになるぞ！　腹を満たすためにも、街へ帰ろう！」

イーゴルの呼びかけに、俺達はのろのろと動き出す。腹が減ってるのは皆一緒だ。もう少しだから、頑張ろう。

っと、その前に。

「あのさ、アカリのことは、俺達だけの秘密にしておきたいんだが……いいか？」

普通なら、ダンジョンの中にあんな特別な場所があったら、ギルドに報告して情報共有しておくものだ。

だが、ティエンノーの冒険者ギルドのマスターは信用できない。彼女にあの場所を知られたら、きっとギルドに乗っ取られて、金儲けの場にされてしまう。

俺の言葉に、仲間は全員頷《うなず》いた。

「当然だ」

「もちろんよ」

「あの場を、ギルドの連中に踏み荒らされたくありません！　アカリさんに迷惑をかけるのは許せませんよ」

皆、同じ考えだったらしい。


俺達「銀の牙」がホーイン密林に入るようになって約3年。正直、よく生き残っていると自分でも思う。

ホーイン密林は、世界屈指の危険地帯だ。森林型のダンジョンで、今まで入ったはいいが帰らなかった冒険者の数は多い。

俺達がホーイン密林に入るようになった頃は、周囲から笑われた。

『要領悪いねえ。今時ダンジョンに入るなんてさあ』

『本当だよ。ちょっと頭を使えば、金持ち商人の護衛として、楽に生活できるってのによお』

『まあ、あいつらは孤児院出身だから』

『ああ』

こちらを馬鹿にする言葉に、何度拳を握りしめたことか。仲間の誰かが殴《なぐ》りかかりそうになる度《たび》に、他の仲間が押しとどめてきた。

俺達は、確かに孤児院出身だ。全員、同じ街の同じ孤児院で育った、いわば兄妹のような関係だった。

ホーイン密林には、3つの国が接している。ここトールワーン王国と、隣国ウェターゼ王国、ウェターゼの向こう側のレネイア王国。

トールワーンは、隣国ウェターゼと長年争っている。俺達の爺さんの代からだっていうんだから、気の長い話だ。

だが、笑い話で済まないのは、犠牲の大きさだった。俺達4人が住んでいた街は、ウェターゼとの国境に近い街だった。

戦争が激化する中、子供達だけでも別の街に逃がそうという計画が立ち、俺達はその第一陣としてここティエンノーに連れてこられたのだ。

ティエンノーはホーイン密林の近くにあり、冒険者の街である。多くの人間がこの街を訪れ、そして密林に消えていく。

さすがのウェターゼも、ホーイン密林に近いこの街を襲撃しようとはしない。間違って密林を攻撃してしまったら、魔物達が森から出てきかねないからだ。

その密林に、あんな場所があるなんて知らなかった。いや、これまで何度かホーイン密林の情報は仕入れてきたが、あの場所の話は聞いたことがない。

それでも、あの「家」は確かにあそこにあり、美味い飯を食わせてもらった。金は払ったが。いや、ティエンノーではいくら金を出そうとも、あんなに美味い飯は食えない。きっと、王都辺りまで行かなきゃ無理だ。

いや、下手したら、王都へ行ったとしても食えないかもしれない。だって、香辛料だぞ？ほんのひとつまみで、大金が飛ぶと言われるあれだぞ？

それをたっぷり使ったあの料理。思い出すだけでよだれが……

そんな贅沢な料理が、ダンジョン内で、あの値段で食える。しかも、安心して眠ることもできるんだ。ホーイン密林で、だぞ？

こんな情報がギルドに知られたら、きっとあの家はギルドに取り上げられて、彼女は追い出されてしまう。マスターは、金のためなら人殺しだってしかねない女だ。

あの子が……アカリがあの家から追い出されたりしたら。きっと、ホーイン密林から生きて出られない。

正直、あんなか弱い女の子が、どうやってあんな場所に家を建てて住んでいるのか、さっぱりわからん。といっても、本人も何も知らないそうだから、誰かがわざと彼女をあそこに捨てたのかもしれない。

人間、後ろにはどんな事情があるかわからないものだ。冒険者は、仲間の過去ですら詮索してはいけないとされている。だから突っ込んで聞かなかったけれど。

一体、彼女にはどんな事情があるんだろう。いや、それはいい。今は、彼女の今の環境を護ることが先だ。

そのためにも、ギルドに……特にマスターに知られるわけにはいかない。あの家の情報は、決して誰にも言ってはいけないものだ。


ティエンノーにようやく辿り着くと、門番が妙な顔をしている。何だ？

「ん？　お前ら、生きていたのかよ」

どうやら、死んだと思っていた俺等が生きて帰ってきたので驚いたらしい。

「勝手に殺すな」

「いや、ホーイン密林に行くっつって丸一日帰ってこなかっただろう？　だからてっきり……な」

言いたい気持ちはわかるが、死んだと思われていたのは何だか腹が立つ。少し、戻ってくるのが遅れただけじゃないか。まあ、これがこの街の特徴だけどな。

門番の嫌な視線はそのままに、俺達は冒険者ギルドに向かった。

冒険者ギルドの主な役割は、依頼の仲介と魔物素材の買い取りだ。なかでも、裕福な旅人への護衛の斡旋は一番旨味のある仕事として人気がある。ダンジョンの魔物素材は人気で、比較的高額で買い取ってもらえるけれど、護衛の方が実入りがいいのは確かだ。

ダンジョンに入るのに許可はいらない。ただ、行って狩って帰ってくるだけだ。

ギルドに入ると、門番同様、奇妙なものを見る目がまとわりついてくる。そんなに俺達が生きているのが不思議なのかよ。

それらを全て無視して、カウンターに向かった。

「買い取りを頼む」

「え？　あ、ああ、はい」

ギルド職員まで、俺達を亡霊か何かのような目で見る。まったく……

ギルドでの魔物素材の買い取りは専用のカウンターで行うが、その前に受付で買い取りの申請をしなきゃならない。面倒だが、これも規則だ。

「では、こちらの申請書に記入してください」

申請書には、狩ってきた魔物の一覧を書く必要がある。カウンターで、そのまま書いていった。

「セシ、読み上げていってくれ」

「はい。まずホーイン山羊《やぎ》の角、蹄《ひづめ》が6頭分、毛皮が3頭分、土トカゲの皮5頭分、トウボ蜂の身が15個、チャゴ鉱石が7個ですね」

読み上げた魔法鞄の中身に、受付の職員が固まってしまった。

まあ、そうだろうなあ。これだけの素材を持ち帰る人間は、今までいなかったんだから。俺達だって、今までならこんなに持って帰ることはできなかっただろう。

やはり、アカリの家で休ませてもらったのが大きい。ダンジョンで安心して休めることが、こんなにも結果に出てくるとは。

書き上げた申請書を受付に出したが、受付はまだ固まったままだ。ギルドの受付が、これでいいのか？

さすがに不審に思った別の職員が、固まった職員の肩を叩く。

「ちょっと！　何やってるの！」

「あ、で、でもこれ！」

「え？　何、買い取りの申請書でしょ？　これの何が……はあ!?」

後から来た職員まで、固まってしまった。

結局、買い取りのカウンターに行くまで、たっぷりと時間を取られてしまったのが悔やまれる。ああ、腹減った。

買い取りカウンターで実物を出した際、周囲がざわついた。お構いなしに、次々と出していったら、ざわつきが一転してしんと静まる。

「これで、全部だな？」

「ああ。全部買い取りでよろしく」

「わかった……査定が終わるまで、時間がかかるぞ？」

「わかっている」

査定に時間がかかるのは、仕方のないことだ。素材の状態を確認する必要があるから。

ここでちょろまかしたりはしないだろう。何せ、あの買い取り担当も一応はギルド職員だ。

不正をしたギルド職員は、その理由に関わらず犯罪奴隷になるのが決まりだ。しかも、終身というおまけ付き。これをわかっていて、不正をやる奴はいない。

やれば相応の罰が待っている。

とはいえ、ここのギルドには黒い噂が付きまとっているんだよなあ。

買い取り査定が終わるまで、ギルド内の食堂で腹ごしらえをする。

「やっと食える」

「でも、あそこの飯に比べると……な」

「あれは美味しかったわあ」

「また食べたいです」

言うな。俺まで悲しくなってくるだろうが。

ギルドの食堂の飯がまずいわけじゃないんだが、あのホーイン密林で食べた飯は、ここのものとは比べものにならないほど極上だったんだ。

香辛料をたっぷり使った、辛くも芳醇《ほうじゅん》な味わいのスープ。ねっちりとした食感で、噛むと甘みが増す穀物。

朝に食べたパンも、甘くて美味しかった。いかん、思い出すとまたよだれが。


何とか飯を腹に詰め込んだ頃、買い取り査定が終わったと呼び出しを受ける。買い取り金を受け取るのは、受付カウンターだ。

「査定が終了しました。銀の牙が持ち込んだ魔物の買い取り額は、ホーイン山羊の角、蹄が6頭分、毛皮が3頭分、土トカゲの皮5頭分、トウボ蜂の身が15個、チャゴ鉱石が7個。全部で528万3900イェンになります。解体、欠損共になし。買い取り金額は、このまま528万3900イェンです」

ギルド内が、騒然となった。そりゃそうだろう。買い取り金額でここまで行くのは、いくらホーイン密林とはいえ珍しい。

金額は全て現金でもらい、これで魔法の鞄の拡張をする。余れば、装備の新調だ。

俺達が持っている魔法の鞄は、容量をあとで拡張できるという優れもの。とはいえ、その分最初の値段が拡張なしの魔法の鞄と比べて桁が二つ違うんだが。

でも、容量が足りなくなった時に買い換えるよりは、安上がりになる。少なくとも、セシはそう計算した。だから、馬鹿高い魔法の鞄を買ったんだ。

これからも、あの密林へ行くのなら、容量を上げておいた方がいい。あそこは、素材の宝庫だ。俺達の強さなら、今日のような稼ぎがこれからも続くのも夢じゃない。

これこそ、冒険者だ。これが、冒険者だ。いくら馬鹿にされても、護衛を目指さない大きな理由はそこにある。俺達は盗賊を殺したいんじゃない。魔物を狩りたいんだ。そのためにも。

「まずは、この金で魔法の鞄の拡張が先だな」

「異議なし！」

仲間も同意見だ。

さて、では魔法屋に行くかとギルドを出ようとしたところ、背後から待ったがかかった。

「お待ちください！　銀の牙の皆様には、ギルドマスターからお話があるとのことです」

ギルドマスター。その言葉に、仲間も俺も顔をしかめた。絶対に、ろくな話じゃないだろ。

ティエンノーの冒険者ギルドには、付きまとい続ける黒い噂がある。その噂の中心には、常にギルドマスターの名があるのだ。

ティエンノーのギルドマスターは、40代の女。たまにカウンターの奥に姿を現すが、見ただけでヤバそうというのがわかる。

癖のある長い赤毛と暗い髪、口元には、いつも人を小馬鹿にしたような笑みを浮かべている。

彼女はこの街の長と結託し、気に入らない若い冒険者を排除しているというもっぱらの噂だ。

マスターが気に入らないのは、貧民街出身の連中ばかり。

理由は、金にならないから。そういう連中は早めに潰《つぶ》してしまえというのが、ここのギルドマスターの考えらしい。クソが。

そんなクソなマスターに、これから会わなくてはならない。俺は、後ろを振り返って仲間を見る。全員、無言で頷いた。

長年の付き合いでわかる。皆で決めた通りアカリのことは絶対に話さない。

マスターの部屋は、ギルドの3階にある。ちなみに、2階は商人との打ち合わせ部屋が並んでいるそうだ。俺達には、一生縁のない階だな。

案内の職員の後ろを付いて到着した3階には、誰もいない。階段を上がってすぐの廊下を右手奥へと進み、一つの扉の前で職員が止まる。

「例の者達を連れてきました！」

『入れ』

中からくぐもった声が響く。職員は扉を開いたまま、動かない。俺達だけ入れということか。

部屋の奥、大きな机の向こう側に、マスターが座っている。いつかカウンターの奥で見かけた時同様、長い赤毛と暗い目の女だ。

「座れ」

短く命令され、俺達はマスターの机の前にあるソファに座った。

俺達が座ると、前置きも何もなくギルドマスターが口を開く。

「ホーイン密林でのことを、話してもらおうか」

大丈夫だ。アカリの家のことは、マスターにバレていない。

「話す？　何を？」

「誤魔化すな。さすがのお前達でも、ホーイン密林に一泊して無事に帰ってこられるとは思えない。何があった？　何か、買い取りに出せないようなものを見つけたのか？　もしや、貴重な薬草か!?」

マスターは、矢継ぎ早に質問してくる。ああ、そういうことか。

「そうは言われても、俺達も命からがら帰ってきただけだしな」

「……嘘は言っていない、と？」

「嘘を吐く必要があるのか？」

ギルドマスターが、ぎらりと睨んできた。これは、嘘を吐いたら許さんということか、それとも礼儀がなっていないということか。

冒険者に礼儀とか期待すんなよ。まあ、マスターのお好みは優等生らしいから、俺達のような孤児出身は気に入らないんだろう。

もっとも、マスターお好みの「優秀」な連中も、一皮剥《む》けば俺達と変わらない礼儀の持ち主だがな。

正直、ギルドマスターの睨み程度、屁《へ》でもない。魔物との命のやり取りの方が、よほど恐ろしい。でも、商人の護衛ばかりしている連中にとっては、この睨みが恐ろしいのだろう。

何せ、マスターを怒らせたら、旨い仕事にありつけなくなるからな。護衛の仕事は、マスターからの指名制だと聞いている。

つまり、下で俺達を要領が悪いと言っていた連中は、マスターに媚《こ》びを売って楽な仕事を回してもらえばいいのに、と言っていたわけだ。

馬鹿馬鹿しい。俺はマスターを睨み返した。まさかそんなことをされるとは思っていなかったのか、マスターが一瞬怯《ひる》む。

だが、そこは荒くれ者の冒険者を束ねるマスターだ。すぐにまた視線の鋭さを取り戻していた。

ギルドマスターはしばらくこちらを探るような目で見ていたが、やがて大きな溜息を吐いた。

「……いいだろう。この調子で、ホーイン密林の素材を持ち込むといい」

「元より、そのつもりだ」

「もういいぞ。下がれ」

偉そうに。いや、本当なら偉い立場なんだろうが、俺にとってはどこまでいっても胡散臭《うさんくさ》いおばさんだ。

それに、もう俺達は拠点を移すことを決めている。先程の言葉も、ただの口先だけのものだ。

だが、それをここで悟られてはならない。まったく、街中だっていうのに、そこらのダンジョンでちょっと大きめの魔物を前にした時の気分だ。


やっと解放されたので、ギルドを出て背伸びをする。ああ、肩凝った。

「今日はどこに泊まる？」

「いつもの宿でいいんじゃないか？」

「たまには贅沢したいけれど……」

「その前に、魔法の鞄の拡張ですよ！」

そう、セシの言う通り、魔法の鞄の拡張を最優先でするべきだ。

「容量が増えれば、持って帰れる素材も増える」

「そうなれば、今回以上に稼げるだろう」

「装備も、新調したいわねえ」

「それは次の段階ですよ。何よりも、魔法の鞄の拡張です！」

セシが必死だ。彼女はこのパーティーの金庫番で、何を買うにしても、彼女の許可がいる。

俺達の中では、一番金銭感覚に優れていて、計算も速いからこその役割だ。

リンも、セシの言葉には基本逆らわない。

「わかってるわよ。でも！　魔法の鞄の次は、テントの新調だからね！　絶対よ！」

テントか……あれも高い物から安いものまで色々あるが、リンが欲しがっているのは空間拡張を応用した、魔法のテントだ。

見た目より中身が広い品で、当然中が広いほうが高い。リンは前から個室に分かれているものを欲しがっていたから、きっとそれを買いたいんだろう。

魔法の鞄の拡張に、魔法のテントか……俺達の装備の新調は、いつになることやら。

3章　高いけれど、助かる商品

一人に戻ったので、周辺の採取を再開する。いくら採取しても、時間が経てば元通りになるのは、さすがダンジョンといったところか。

おかげで、午前中だけで80万円分のチャージができた。一度魔力をアップさせるアイテムで散財してしまったので、またせっせと貯めていかなくては。

ステータスアップのアイテムは、いくらあってもいいものだ。

「元のステータスがクソ雑魚レベルなんだから、少しは底上げしておかないと。ドーピング万歳」

ボッチで過ごすと、独り言が増えるというもの。

午前に敷地の周囲3分の2を回り、午後は逆方向から同じ距離を採取して回る。欲を言えば、もう少し魔力量が欲しい。

単純に魔力アップのアイテムを使うより、使用魔力量を減らせる魔法力アップを目指すべきか。生命力も同時にアップしてくれる運を上げるべきか。悩む。

お値段で言うなら魔法力だな。運は桁こそ違わないけれど、倍から4倍の値段だ。それだけ上げるといいことがあると思いたいが、今のカツカツの状況ではちょっと手が出せない。

午前の分の採取を終え、ログハウスには帰還で戻る。普通に帰るには、魔力が足りないから。

スキルの帰還を使うと、ログハウスの私室に戻る。もちろん、足もとのスニーカーは玄関に自動で戻っているという優れもの。本当に、この初心者セットには感謝だ。

減った魔力は、休むと自動で戻っていく。特に食事や睡眠を取ると、劇的に回復するのだ。

なので、午前中の採取が終わったら、昼食を取ったあとに少し昼寝の時間を取っている。

なんという贅沢。なんという優雅さ。これぞスローライフか。……多分、違うな。

「さて、今日のお昼は何にしよう？」

私室を出てダイニングキッチンに向かいながら、食料の在庫を思い浮かべる。確か、ソーセージが残っていたはず。あとキャベツ。

この二つが揃ったら、ホットドッグだろう。ホットドッグロールはあったかな。

ダイニングキッチンに入り、パントリーを見る。ここも入れた食材が入れた時のままなんだとか。冷蔵庫といいパントリーといい、高性能だよな。

「残念、ホットドッグロールはなかったか」

なければ買えばいい。尻ポケットに入れっぱなしのスマホを取り出し、お買い物アプリを立ち上げる。

食材のパンコーナーで、目当ての品をゲット。ポチると目の前に木箱が出現した。

お買い物アプリの機能に、配送先固定というものがある。

これ、設定しておけば、毎回配送先を聞かれなくて済むのだ。ここで買うのは食材が主だから、配送先はダイニングキッチンに固定しておいた。楽でいい。

もちろん、設定を解除することもできるので、買ったものに応じて配送先を決めることもできるのだ。便利だな。

木箱を開けると、ホットドッグロールがある。それを取り出し、袋から二つ取り出して皿に載せ、キャベツを少し刻み、ソーセージをボイルする。

本場ドイツでは炭火で焼くそうだけど、うちではボイルだ。

茹《ゆ》で上がったソーセージとキャベツをホットドッグロールに挟み、軽くトースト。焼き上がったホットドッグに、ケチャップを適量かける。

「よし、いい出来。では、いただきま――」

『開けてくれえええええ』

外から、どこかで聞いたことのある声。おかしい、つい数日前に送り出したばかりだというのに。もしかして、また戻ってきた？

ダイニングキッチンの窓から木戸を見れば、そこにはやはり「銀の牙」の姿がある。

そういえばこの敷地、私の許可なく立ち入れないんだった。

門を開けると、全員血だらけだ。思わず引いていたら、ラルラガンさんが慌てている。

「いや、これは返り血で、俺等が怪我をしてるんじゃないから！」

「いい獲物に出会った」

「久々の大物だったから、張り切っちゃった！」

「でも、大半は置いてこなければならなくて、もったいないことです」

はて。なぜわざわざ狩った魔物を、その場に置いてきたり……ああ。

「魔法の鞄の容量制限……でしょうか？」

私の言葉に、４人が困ったように頷く。そうか。そういう問題があるのか……あ。

「あの、その魔物って、まだその場にあるでしょうか？」

「え」

私の質問の意図がわからない4人は、きょとんとしている。なぜそんなことを聞くのかと言いたげだ。

最初に我に返ったのは、リンジェイラさんだった。

「まだあると思うわよ。あれを食べる魔物は少ないっていうから」

「毒があるんですよねえ」

魔物同士でも、毒があると他の肉食の魔物に食べられなくなるそうだ。なら、魔物の死体はまだそこにそのままある可能性が高い。

「その場所まで連れて行ってもらえませんか？　よければその魔物、私が買い取ります」

「ぜひ！」

即答か。でも現金は出せないんだけれど、いいのかね？

そのまま走り出しそうな彼等を止めて、午後から行くことを了承させた。

「魔物に食い荒らされる危険性はないけれど、他の冒険者に見つからないかしら？」

リンジェイラさんの心配に、ラルラガンさんがあっけらかんと答える。

「大丈夫だろう。今のティエンノーにここまで来られる冒険者はいないし」

「ラルは考えなしで幸せね」

「どういう意味だよ」

「そういう意味よ」

彼等の言い合いを背に、まずは昼食を出すことにした。自分だけ昼食を食べるのは気が引ける。

何にしようかと思ったけれど、一度に大量に用意できるものにしてみた。肉まんだ。

ガスコンロは4つ口だし、大きな蒸し器、しかも2段か3段のものを買えば一度に大量の肉まんを蒸《ふ》かせる。

彼等専用になりそうな蒸し器を買うのはちょっと引っかかるものがあるけれど、これもある意味必要経費だ。

彼等が狩って、魔法の鞄に入りきらないと置いてきた魔物素材は、どのくらいの値段が付くだろう。それをチャージし、彼等の滞在費や食費にすれば、私は幼女女神の力の回復ができてハッピー、彼等は捨てた素材でもう一泊できてハッピー。

できれば、何か私が売れるもので彼等からぼったくりたいところだが。何かないだろうか。


無事肉まんを蒸かし終わり、山盛りにして外に運ぶ。相変わらず転倒予防のためのバリアと、重量軽減のための浮遊を使っているので、山盛りの肉まんも何のその。

銀の牙は既に前と同じ場所にテントを張り、テーブルと椅子をテント前に設置している。

腹ぺこの４人の前に肉まんを置くと、彼等の口元からよだれが垂れていた。

「食べる前に、これで手を綺麗に拭いてください。……皆さん、もう一枚使って」

除菌できるウエットティッシュを渡して手を拭かせたら、あっという間に真っ黒になっていく。結局、彼等の手が綺麗になるまで、一人に付き４枚くらい使ったよ。

熱々の肉まんにかぶりつく彼等を見て、自分もログハウスに戻る。

「あら、アカリも一緒に食べるんじゃないの？」

「私は別のものを用意しているので」

まさか銀の牙が舞い戻ってくるとは、思ってもみなかったから。さすがにそれは言えないけれど。

私を引き留めたリンジェイラさんは、頬張った肉まんの熱さにハフハフ言いながら、提案してくる。

「なら、それを持ってこっちにいらっしゃいよ。皆で食べましょ」

一瞬、反射的に断ろうとした。何となく、彼等とこれ以上親しくなるのは、違うんじゃないかと思って。

でも、私の事情を彼等は知らない。だったら、この場限りの繋《つな》がりと思っていいんじゃないだろうか。

「そうですね。そうします」

ダイニングキッチンに戻って、冷めたホットドッグを1分ほどリベイクする。それを持って、庭に出た。

昼食の後、私室で昼寝をしたおかげで、魔力量はしっかり回復した。……魔力が回復するアイテムとか、売ってないんだろうか。

私室で支度をしている最中、机に置いておいたスマホがピロリン。

『そういう品は危険故、扱ってはおらんぞ』

幼女女神に釘を刺された。そうか、ないのか。残念。

昼寝用の部屋着から、外へ出る時の服に着替え、スマホを持って、玄関に下りる。連日稼いでいるので、服や靴もお買い物アプリで買った。

今のコーデはタンクトップにデニムパンツ、薄手のパーカーに靴下とスニーカー。カバードポーチに出ると、木戸の前にもう4人が並んでいた。やる気満々である。

もちろん、私もそう。さあ、ホーイン密林の魔物は、一体いくらになるのだろう。あ、ワテ鳥も魔物か。でも、あれは小さいから値段も数万だったしな。大物なら、もしかしたら1頭で100万超えることもあるかも？

ログハウスから出てきた私を見て、4人が驚いている。

「アカリ、その装備で大丈夫か？」

4人と見比べると、確かに軽装と言えるだろう。何せ、普通の服と靴だから。銀の牙も、女子二人は軽装に見えるけれど、実は魔法で防御力を底上げしている装備だという。

心配そうなラルラガンさんに、説明しておく。

「バリアという魔法を使っているので、大丈夫です。全ての攻撃を弾いてくれる、優れものなんですよ。私弱いから、これがないとあっという間に魔物に殺されてしまいます」

たとえ防御力の高い装備で固めたとしても、元のステータスがクソ雑魚すぎるので瞬殺されるだろう。

バリアがあれば、魔物に突撃されても問題ないのは、ワテ鳥が証明してくれた。あの鳥、『異世界の歩き方』によれば、鋭いくちばしで獲物を突き刺して殺してから食べるそう。

小さい癖に肉食の鳥とか。さすがは世界最凶のダンジョン、油断も隙もない。

私のいい加減な言い訳を銀の牙は受け入れてくれたようだ。何やら納得して、その後はスルーしてくれている。

彼等が魔物を狩った場所は、うちの敷地から出て左に進んだ場所だという。

「一度、よその街にも行ってみようという話になったんだ」

うちの敷地を出て右に行くと、彼等の拠点であるティエンノーに通じているそう。左は、レネイア王国のゼプタクスに通じているんだとか。

そういえば、彼等はそのティエンノーから出たいとか何とか、言っていたな。よその街に拠点を移すとも。

「ティエンノーって、そんなに生活しづらい街なんですか？」

私の質問に、４人が無言になる。あんまりよくない場所とは聞いたけれど、そんなにか。

何やら不穏なものを感じていたら、ラルラガンさんが重い口を開いた。

「その……街の雰囲気というか、住んでる連中の柄《がら》というか」

「雰囲気が悪くて柄も悪いと？」

４人は無言で頷いた。どんな地獄だよ、ティエンノー。

「あそこは、街の長と冒険者ギルドマスターが裏で手を組んでるって、話しただろう？　マスターが気に入らない冒険者は、街ぐるみでいびり出すんだ」

「え」

何そのブラック企業真っ青な街。パワハラが常態化してるってことか？

「俺達はそこそこ稼ぐようになったからまだましなんだが、駆け出しの連中で、将来有望だった奴らがいびり出されたのは、こたえたな……」

寂しそうなラルラガンさんの言葉に、他の３人も同じような様子だ。

「マスターは女なんだけど、若くて見目のいい男性冒険者を側に侍《はべ》らせようとするのよね」

「しかも！　教会にべったりで、司教を金で籠絡《ろうらく》したんですよ!?　信じられません」

こちらにも宗教があり、教会は女神を祀《まつ》る組織なんだとか。セシンエキアさんも教会の聖職者をしていたそうだが、今は破門されているという。

「何だってまた」

「教会で禁じられた女神像を見つけまして……その女神の教義も、一緒に見つけて読みふけっていたら……その……」

もごもご言うセシンエキアさんの背後から、リンジェイラさんがチャチャを入れる。

「それだけじゃないでしょー？　捨てられた教義の方が優れているって、教会の上層部に直訴しちゃったから、異端者と見なされて破門されたんじゃない」

「ううう。で、でもでも！　女神ルヴンシール様の教えは、それだけ正しいと思えたんですよう！」

今、この人何て言った？　女神ルヴンシール？　それ、幼女女神の名前じゃないか！

意外なところで意外な繋がりが見えた気がした。

その後、セシンエキアさんから軽くこの地方の宗教事情を教えてもらった。

「周辺国でも、信仰している女神様は変わりません。女神シュオンネ様ただ一柱です」

邪神か。でも、セシンエキアさんは少し違うらしい。

「私が所属していた教会はかなり古く、古語の文献も残る素晴らしい場所でした。ですが、その古語の文献の取り扱いがずさんでして……」

倉庫にそのまま積み上げていたそう。そんな中、セシンエキアさんが一念発起して倉庫を掃除している間に、邪神以外の女神や他の神々の存在を記した文献……聖典を見つけたらしい。

「一緒に、女神ルヴンシール様を象《かたど》った神像も見つけまして。自室に祀っていたのですけれど、それが他の人に見つかったんです。そうしたら、あっという間に異端者として破門されました」

教会を破門されると、聖職者としての仕事ができなくなるらしい。そのため、同じ孤児院出身で顔見知りのラルラガンさん達のパーティーに、回復役として入れてもらったそうだ。

そもそも、聖職者とは。神聖魔法を使える人間をそう呼ぶそうで、教会は聖職者を手厚く遇するんだとか。法外な値段で、神聖魔法を使わせるために。

神聖魔法は、防御や治癒《ちゆ》などに特化していて、戦闘には基本向かない魔法なんだとか。教会が馬鹿高い金を搾《しぼ》り取るのは、この治癒だそう。

怪我や病気は言うに及ばず、腕のいい神聖魔法の使い手だと、失った手足や目まで復活させられるんだとか。凄いな、神聖魔法。ただし、高額だけれど。

それも、セシンエキアさんが教会を……女神シュオンネを信仰できなくなった原因なんだとか。

「女神様は、なぜあのような下衆《げす》な輩《やから》を神の家たる教会から追い出さないのでしょう。私は不思議で堪《たま》りません」

邪神だからな。その一言で片付きそうなものだけれど、それをここで言うのは憚《はばか》られる。今の主神はあくまで邪神であり、幼女女神は異端の神なのだ。

「まあ、教会で聖職者をやってた頃からこんなだから、そりゃ口実をつけてでも放り出したくなるわよね」

軽く言い放つリンジェイラさん。彼女がこんな風に言えるようになるまで、それなりに色々とあったんだと思う。

それにしても、追い出すのなら教会はまだ良心的では？　私が考える最悪のシナリオは、色々な理由を付けて奴隷のようにこき使うことなんだけれど。

人は、それをブラック企業と呼ぶ。

セシンエキアさん本人はというと。

「ですが、私の信仰心はその程度で薄れたりはしません！　むしろ日々女神ルヴンシール様への信仰心を強くした私は、不信心者どもなど恐るるに足らずなのです！」

強い。この強さ、どこから来るのか。

ちらりとリンジェイラさんを見ると、どこか呆《あき》れたような様子だ。

「セシはこの通りだからね。それに、聖職者が使う神聖魔法って、信仰心が強ければ強いほど威力を発揮するっていうから。そういう意味では、セシは最強かも」

「それは」

どういう意味なのか。言いかけて、やめた。最初に敷地に来た時の様子を思い出したのだ。あの変態的な神への執着心。あれが、セシンエキアさんの信仰心なのか……

それもどうなんだと思っていたら、現場に到着したらしい。目の前には、大きな……トカゲ？ 恐竜？ いや、CGなどで見る恐竜っぽいし、大きなトカゲっぽくもあるし。

その魔物が、だらりと舌を出して絶命している。辺りには血。ちょっと、さすがに気分が悪くなりそうだ。

「大丈夫？ アカリ」

「気分が悪くなったら、セシに言え。彼女の神聖魔法なら、気分を和らげてくれる」

凄いな、魔法。これまで散々実感してきたのに、まだそう思うだなんて。

いや、ここでへこたれてもいられない。まずは、査定だ。


ロロイ：爪、牙、角、皮、内臓が換金対象。爪78万円、牙69万円、角81万円、皮480万円、内臓34万円。計742万円。

ただし、この個体は皮の損傷が大きいので、買い取り金額が下がります。

皮400万円。計662万円。

査定って、買い取り金額が下がる情報まで教えてくれたっけ？　まあいい。一部買い取る金額が落ちても、1頭で662万円か。凄いな。

査定結果を伝えると、4人組が一気に湧いた。

「やったな！」

「おう」

「それだと、何泊できるのかしら？」

「朝食を付けて一人お水を2本、お昼とお夕飯をお替わりしても、二泊できますね」

セシンエキアさん、計算速い。そして、これだけ稼いでも敷地に二泊するだけでほぼ飛ぶという。さすがぼったくり宿。

でも、4人の反応は違った。

「そうか！　こいつ一頭で二泊か！」

「夕飯のお替わりは、魅力的だ」

「じゃあ、他にもガンガン狩りましょうよ！　それ、全部アカリに売れば、もう何泊かできるんじゃない？」

「そうですね。ロロイで二泊ですから、それ以上の魔物を仕留めれば、さらに数泊できるでしよう」

4人とも、やる気だ。このまま再び狩りに出るつもりらしい。大丈夫なのだろうか。

とはいえ、彼等を止める権利は私にはない。ならば、ここからは別行動にすべきだろう。

「それでは、私はこれで」

そろそろ、魔力の残量が心許ない。帰って休まないと。

そう思ったから申し出たのに。

「え⁉」

なぜそこで驚く？　逆にこちらがびっくりしていると、リンジェイラさんが心の丈を叫ぶ。

「アカリがいなかったら、その場で査定してもらえないし、買い取ってもらえないじゃない！」

そこか。とはいえ、彼等に稼いでもらって、敷地でぼったくらせてもらわなければならない。

なら、私が取れる手段は一つだけ。

「それなら、セシンエキアさんが持っている魔法の鞄の中身をここで買い取って空にして、詰め込めるだけ詰め込んであの場所へ戻ってきてください。庭先で、買い取りをしましょう」

これが、一番面倒がない方法だ。何せ私はクソ雑魚ステータスの女。魔力量もアップさせたとはいえ、未だ敷地の周囲を一周できないくらいだ。

そんなのが同行したところで、足手まといにしかならないだろう。私はちゃんと自覚できるクソ雑魚なのだ。

4人は、私の提案を聞いて何やら話し合っている。今度はちゃんと小声でやり取りしているので、内容はわからない。

しばらくして、話し合いの結果が出たようだ。セシンエキアさんが私の目の前に立つ。

「わかりました。全て買い取ってください。それと、できたら一部は現金で戻してほしいんです」

これは困った。お買い物アプリは、チャージした金額で買い物はできても、換金はできない。断ろうかと思ったら、尻ポケットのスマホがピロリン。こんな時に、幼女女神からのメールか。

画面を見ると、メールではなかった。お買い物アプリのカスタマーセンターからのお報《しら》せである。

『毎度ご利用いただき、ありがとうございます。新入荷のご案内です。新しく、通貨を取り扱うこととなりました。値段は通貨の額に2割上乗せしたものになります。引き続き、お買い物をお楽しみください』

このタイミングで、通貨が入荷？　お買い物アプリを立ち上げてみると、確かに通貨のタブがある。タップすると、イェンが売られていた。

先程のお報せにあったように、100イェンは120円である。2割の手数料と考えればいいのか。手数料にしては高いけれど。

「アカリさん？　どうかしましたか？」

「あ、いえ。現金ですが、2割ほど手数料をいただくことになりますが、よろしいですか？」

「ええ、構いません！　ああ、これで貯金して、ゼプタクスに向かえます！」

貯金。懐かしい言葉だ。こちらに来てからは、全てチャージしてばかりだし、それも毎度カツカツな状態。少しくらい、余裕を持って買い物をしたい。

彼等の魔法の鞄に収められていた素材は、締めて1000万円超えとなった。そのうち、半分程度の500万に関しては、イェンを購入して金貨を渡している。

「はい、レネイア金貨が50枚、確かに」

金貨50枚を買うのに、手数料として100万上乗せになるから、実質600万円であの金貨を買ったことになる。両替の手数料にしても高い。

とはいえ、本来なら換金不可だったのができるのだ。手数料が高くても呑み込むしかあるまいて。銀の牙も喜んでいる。

「あー、これで重い素材が軽い金貨になりましたよー」

「これでまた魔物を入れられるわね」

「そしてアカリに買い取ってもらおう」

「そうしたら、またあの美味い飯が食えるな」

……喜ぶ方向が違う気がするのは、気のせいかね？

敷地まで送ると言ってくれた彼等とはその場で別れ、銀の牙の姿が見えなくなった辺りで帰還スキルを使う。これ本当に便利だ。

ステータスを見てみると、魔力残量10。ギリギリだったな。あのまま彼等と行動していたら、途中で倒れていたかもしれない。気を付けなくては。

夕飯までまだ間がある。少し眠って回復しておこう。もう今日は採取をしている余裕はない。

「魔力を使いすぎると、凄くダルい……」

この感覚がわかってきただけでも、儲けものかも。今まではステータスをいちいち見ないとわからなかったから。

そのままうとうとと寝ていたら、またしても木戸から私を呼ぶ声が響く。

「おおい！　アカリー！　開けてくれー」

銀の牙が帰ってきたらしい。よっこらしょとベッドから起きて、1階へ下り、玄関から外へ出て木戸へ向かう。

「お帰りなさい」

つい、昔の癖でそう言って木戸を開けたら、銀の牙に驚かれた。なぜ？　いや、本当になぜ？

内心首を傾げていたら、ラルラガンさんがちょっと恥ずかしそうにしている。

「どうか、しましたか？」

無意識に、何か変なことをしただろうか。だが、彼等から返ってきたのは、意外な言葉だった。

「……いや、何か、いいなって思って」

「え？」

「お帰りなさいって、言われることが……さ」

ああ、それ。って、そこで顔を赤らめるの、やめてもらいたいのだが。こちらまで、何だか小っ恥ずかしくなってくる。

「その、ただいま」

……ああ、お帰りなさいに対する、答えですね。なので、もう一度言っておく。

「お帰りなさい」

4人とも、照れながら「ただいま」ともう一度言ってくれた。本当にもう、この人達は。

それにしても、彼等は酷く汚れている。

「……また、随分と汚れてますね」

「ははは、これも全部返り血だ」

ラルラガンさんだけでなく、メンバー全員が随分と上機嫌だ。いい狩りができたのだろう。

敷地に入る前に、リンジェイラさんが全員をお湯で包んで血を落とし、すぐに温風で服や鎧などを乾かしていく。なかなか効率的だ。

……入浴施設があったら、ぼったくれるかもしれない。できれば温泉。各種効能が揃うやつで。とはいえ、ダンジョン内に温泉は湧かないか。残念。

でも、洗濯サービスはいけるのではないか。あれこれ考えてみたけれど、ログハウスの洗濯機は家庭用だ。銀の牙の人数なら何とかなるが、もっと大人数になったら手が回らなくなる。うちの敷地は、これからここに来る大勢の人間からぼったくるのだ。なら、大人数相手のサービスを最初から考えておいた方がいい。

……決して、自分が面倒だから、思いついたけれど却下したわけではない。

入浴施設に関しては、移動トイレがあるくらいだから、移動用の入浴施設……某自衛隊が使っているようなのが、あるんじゃないだろうか。

もっとも、こっちの世界に入浴習慣があるかどうかは知らないけれど。

それはともかく、今は査定と買い取りだ。セシンエキアさんがニコニコと魔法の鞄に手をかけている。

「ここに全部出していいですか？」

「ええ……あ！　ちょっと待っててください！」

前回チャージした魔物は、血だらけだった。あの時は敷地外だったからいいけれど、今回は敷地の中。ログハウスは一定時間が経つと綺麗になるけれど、庭までそうとは限らない。

血で汚れないよう、ブルーシートが欲しいところ。とはいえ、お買い物アプリで売ってるのか？　慌てて戻ったログハウスの玄関で、靴も脱がずにスマホでアプリを立ち上げる。

「ブルーシートブルーシート……あった」

本当に何でもあるんだな！　お買い物アプリ。サイズも結構ある。ここは一番大きなやつを選ぼう。それでも、お値段は３０００円程度だ。あとでちょっと草むしりしたら、余裕で稼げる金額である。

カートに入れて、購入。あ、今は配送先が常にダイニングキッチンになるように設定しているんだった。

靴を脱いでダイニングキッチンへ行き、木箱からブルーシートを取り出す。そのまま玄関へ戻って、走って銀の牙の元へ。

手伝ってもらってブルーシートを敷き、その上に魔物を出してもらった。

「この青い布は何だ？　随分手触りが悪かったが……」

「これで、服か何かを仕立てられるのか？　敷きもの？」

ラルラガンさんとイーゴルさんの反応に、思わず笑みがこぼれる。そうか、ブルーシートを知らないと、こういう反応になるのか。

「これは魔物の血で地面を汚さないようにするためのものです。防水……水分を下に通さないんですよ」

「え⁉」

なぜそんなに驚く？　こちらには、防水の布はないのか？

出してもらった素材は、全部で2000万円を超えた。銀の牙のメンバーは、全員喜んでいる。苦労して狩った獲物が金になる瞬間が、一番の醍醐味なんだろう。

「今回はどうしますか？」

現金で渡すのか、それともここでの滞在に使うのか。私の問いに、4人はお互いの顔を見ている。相談が必要なら、決めるのはあとでもいいんだが。

それを言おうかと思ったタイミングで、ラルラガンさんから言い出された。

「少し相談したいから、決めるのは待ってもらっていいか？」

「ええ、もちろん」

それに、時間帯的にそろそろ日が暮れる。夕食を考えなくては。

「一度家に帰るので、夕飯の時までに決めてもらえれば」

「わかった」

彼等の返答を聞いてから、ログハウスに戻る。さて、今日は何にしよう。

ログハウスのダイニングキッチンは使いやすい。ただ、4人分……自分を入れると5人分の食事をいっぺんに作るには、少し工夫が必要だ。

何しろ、あの4人はよく食べる。本当に食べる。彼等の胃袋は亜空間かと言いたくなるくらいだ。一度、どれくらい食べるか限界を見てみたいとも思う。

そして、私は料理が得手ではない。できないわけじゃないんだが、積極的にやりたいとは思わないのだ。

そんな人間が、5人分……うち4人の食事量はこちらの2倍の食事を作るのは、正直辛い。

「自動調理器欲しい……」

そういうものに限って、お買い物アプリで売っていないのは嫌がらせなのか。

「あだ！」

また！　金だらい！　これで何個目だ！

痛む頭を撫でていたら、尻ポケットのスマホがピロリン。

『そなたは、本当に学ばぬのう』

やかましいわ。

『じどうちょうりき……とやらは用意できぬが、調理スキルならば用意できるぞよ？』

スキル。その手があったか。でも、それだと結局自分で作らないとならない。

「お買い物アプリに、惣菜があればいいのに」

あれなら、そのまま皿に移して食べられる。とはいえ、お買い物アプリにそこまで求めるのは酷《こく》というものか。

呟《つぶや》いたはいいものの、実現は無理だなとわかっている。軽く溜息を吐いたら、手の中のスマホがピロリン。

また幼女女神からか？　スマホに目を落とすと、画面には「お買い物アプリカスタマーセンター」の文字。お報せのようだ。

『毎度ご利用ありがとうございますー。お客様のご要望にお応えして、お買い物アプリで惣菜を始めまーす！　全て店内で作り立てのお惣菜を、熱々のまま食卓へお届け！　ご期待くださーい！』

何だこれ。今までのお報せとノリ？　というか、文体というかが違うんだが。てか、何だこの軽いノリ。

いや、それよりも気にすべき箇所がある。「店内で作り立て」？　店内って、どこ？

スマホで立ち上げたお買い物アプリには、確かに食品の下に惣菜のタブがある。いつの間に……

惣菜のタブをタップすると、本当に惣菜が並んでいる。揚げ物、焼き物という定番以外にも、サラダ、麺類、煮込み料理、赤飯などのご飯物、天丼などの丼物、おはぎなどの甘い物、巻き寿司にいなり寿司まである。これ、本当にどこにあるかわからない店内で作ってるのか？

呆然と画面を見ていたら、またしてもスマホがピロリン。これもカスタマーセンターからだ。

『疑うなんて、酷いお客様ですねー。お客様の声で誕生したコーナーですのにー』

相変わらず軽い。しかも、お報せ機能を使って文句を言ってくるとは。普通、クレームを入れるのはこちら側だろうに。カスタマーセンターが、客にクレームを入れるのか？

『あ、しまった。では、この後もアプリをご利用よろしくでーす』

「待てゴルァアアア！」

スマホに向かって叫んだのは、仕方ないことだと思う。

腹は立つが、便利なのは確かだ。まずは試食をしてみよう。無難なところで、コロッケを一つ注文した。木箱で届いたコロッケは、確かにまだ温かい。

「この大きさでこの値段とか、いつの時代なのやら……」

そこそこの大きさのコロッケが、1個40円。確か、私が子供の頃はこんな値段だった記憶がある。紙製の袋に入っているのも、何だか懐かしさを感じさせるではないか。

熱々のコロッケ。まずは何も付けずにがぶりといく。

「んま」

美味しい。衣はサクサクだし、芋《いも》の甘みをダイレクトに感じる。ソースなしでこの美味さ。やるな。

次はソースを付けて食べてみる。ダイニングキッチンでそのまま立ち食いだ。キャベツが欲しくなるな。あと、炊きたてのご飯と味噌汁があれば、一食出来上がるレベルだ。

1個40円、5個入りで180円。銀の牙には一人5個で、キャベツの千切りを付ける。後はパンを付けておしまい。

彼等に味噌汁を出すのはちょっと躊躇《ちゅうちょ》する。外国人には味噌を受け付けない人もいると聞いたので。では他のスープを付けるか？　カップスープなら、別料金で付けてもいい。

食事は、ぼったくる最高のチャンスなのだ。幸い、彼等はこちらが提供する食事を気に入っている。人間、美味しいものには逆らえないからな。

このまま、彼等の胃袋を掴んでぼったくり続けたい。そのためには、彼等が敷地に長期滞在する必要があるのだが。

銀の牙は、今現金を欲しがっている。それは、これから向かうゼプタクスで使うためだ。順調に金が貯まれば、早晩彼等は敷地を出て、ゼプタクスに向かうだろう。彼等以外の冒険者がここに来るかどうかわからないし、彼等のように気持ちのいい人達ばかりとは限らない。これぱかりは運も大きいと思う。

彼等を敷地に留める方法、何かないだろうか。

結局、いくら考えても答えは出ず、夕飯の時間になった。キャベツを1玉買って、半分を銀の牙用に、8分の1を自分用に千切りにする。キャベツ用のスライサー、超便利。

コロッケは一人5個、パンは一番安い食パンを一人1斤。間違ってはいない。一人、1斤だ。これ、朝食用に6枚切りの食パンを4人分として1斤出したら、その場で足りないと言われて数を増やした結果なのだ。女子も1斤、朝からペロリと食べる姿に、胃もたれがしたっけ……

ともかく、一人1斤なので4斤。キャベツ山盛り。ソースは陶器の砂糖壺に市販のソースを入れて持っていく。何となく、ソースの入れ物をそのまま持っていくのは危険な気がしたから。未知の素材という意味ではない。使い切るという意味だ。大体、タンクやブルーシートを出している時点で、今更だ。

木戸の近くにテントを張っている銀の牙のところへ食事を持っていく。

「む！　美味そうな匂いだ」

「そういえば、腹が減ったな」

「アカリー、今日の夕飯何ー？」

「お水は、お水は付いていますか⁉」

ラルラガンさん、この距離から香りがわかるとは凄い嗅覚ですね。イーゴルさん、空腹を忘れるほど話し合いに熱中していたんですか？　リンジェイラさん、今日の夕飯はコロッケですよ。今から説明します。セシンエキアさん、水は有料ですが、よろしいですか？

口元まで出かかった言葉達を呑み込んで、彼等に夕飯を渡す。

「これは私の故郷の料理で、芋を潰して油で揚げた料理です」

嘘だけど。コロッケは日本発祥ではない。

芋を揚げたものと伝えたら、あからさまに全員のテンションが下がった。芋、嫌いなのかな？　美味しいのに。

「芋か……昔、孤児院時代に散々食ったんだよな……」

そういえば、祖母が似たようなことを言っていた気がする。幼い頃、カボチャばかり食べさせられたから、カボチャが嫌いだと。

「あの芋がまた、エグくてな……」

「マズかったわよねえ。茹でたら水っぽくなって」

「で、でもでも、アカリさんが出してくれるお食事はどれも美味しいじゃないですか！　さっき、ラルだって美味しそうな匂いだって。この芋も、きっと美味しい……おお」

コロッケを盛った皿と、千切りキャベツを入れたボウル。それにパンを入れた籠。それらを結界で包んで手の上に浮遊させて持ってきたのだが、彼等の前に出したコロッケを見て、誰もがよだれを垂らした。

いい色だろう？　お買い物アプリが、店内で丁寧《ていねい》に作った惣菜だそうだ。本当、店内ってどこだよって突っ込みを入れたいけれど、それは置いておく。

一人一皿、コロッケ5個。それにボウルに載せたトングでキャベツの千切りを載せ、ソースの入れ物を脇に置く。

「お好みで、こちらのソースをかけてみてください。美味しいですよ」

彼等の目は、もうコロッケに釘付けだ。「では」と言い残して後ろを向いた途端、がっついた気配がある。同時に大絶賛が聞こえてきた。

「美味い！　これ、本当に芋か!?」

「ほのかな甘み。舌にとろけるなめらかさ」

「なにこれサクサク言ってるわよ⁉」

「おいひいでふう」

お気に召したようで何よりだ。私も戻って夕飯にしよう。今日はコロッケを具にしたホットサンドだ。何となく、パンが食べたくなったから。

ログハウスに戻ってホットサンドを作り、カフェオレと共に食べ終わって、はたと気付く。

そういえば、彼等からどうするか、聞くのを忘れてた。


翌朝、朝食のパンとジャムとコーヒーを届けに行ったら、4人も忘れていたことを今朝思い出したらしい。4人全員が頭を下げた。

「すまん……」

代表して、ラルラガンさんが謝罪の言葉をくれる。

「いえ、私も忘れていましたし」

「それで、決まったんだが。今回は、全額現金で頼みたい」

ほう。半分以上を現金で、と来ると踏んでたけれど、全額か。とはいえ、これは彼等の報酬。どうするかを決めるのは、銀の牙だ。

「わかりました。少しお時間をいただきますね」

「ああ」

戻ってお買い物アプリでレネイア金貨を買わなくては。1枚10万イェンだから、ざっと200枚になるのか。

戻ってすぐにお買い物アプリで金貨を購入する。売っているのは金貨のみなので、端数はチャージとさせてもらった。2割上乗せしても、きっちり200枚だ。

金貨も木箱で届く。今回は一度蓋を開けて中身を確かめてから、そのまま持っていくことにした。金貨は10枚ずつ紙でまとめられていて、それが20個。つまり、200枚。

本当はもうちょっと買えるんだけど、今回は切りのいい枚数にしておいた。

「では、どうぞ」

「おお」

「金貨が、200枚……」

「さすがに、この枚数は初めて見るわ」

「凄いですねえ。さ、じゃあ金貨はしまっておきましょう」

他の3人が「もう少し見ていたい」と縋《すが》るのを笑顔でいなし、セシンエキアさんはさっさと魔法の鞄に金貨をしまってしまった。

「あー、アカリ、これまで世話になった」

いきなり、ラルラガンさんがそんなことを口にする。

「やだ、ラルったら。永の別れじゃないのよ？」

「そうだぞ」

「アカリさん、私達、一度ティエンノーに戻りますね」

肝心なところをセシンエキアさんに持っていかれた形のラルラガンさんは、ショックを受けていた。でも、そうか。戻るんだな。

しんみりしていたら、セシンエキアさんがこちらに人差し指を突きつけてきた。

「でも、すぐに戻ってきますからね！　今回はティエンノーのギルドに生存確認をしに行くだけですから！　あ、他にも新調するものとか、ありますけれど」

え。彼女の宣言に、他の３人もうんうんと頷いている。ティエンノーに戻って、もうここに来ない……というわけではなく、用事があって戻るだけのようだ。

「ここは稼げるダンジョンだからな」

「装備を一新する必要もある。そのための資金を稼ぎたい」

「滞在費を支払っても、お釣りが来るくらい稼げるんだもの。やらない手はないわよね」

気のせいか、全員の目が￥マークになってる気が……こちらの通貨はイェンだから、￥マークでも間違ってはいないのか。

4人の様子に圧倒されたけれど、彼等はこれからもここに来るつもりらしい。ならば、こちらも腕によりをかけてぼったくらなくては。

「では、皆さんがお戻りになるのを、ここでお待ちしています」

私に言えるのは、これくらいだろう。


彼等は朝食の後、午前中の時間帯に敷地をあとにした。ほんの少しの滞在期間だったのに、いなくなった途端、敷地が静かになってしまったように感じる。

4人の存在感が強いからなのか、それとも人恋しいと思ったからなのか。

「多分、前者だな」

彼等を見送った後、午前中はダラダラと過ごして、午後からは採取に出る。今のところの目標は、魔力量を上げること。そのためにも、ステータスアップアイテムを買わなくては。

どのステータスを上げるかは、もう決めている。生命力にも魔力にも影響を与える、一粒で二度美味しいステータス、運だ。それも、一挙に数値を50上げようと狙っている。

そのためには、なんと2億以上を稼がなくてはならない。前世でもお目にかかったことがない金額だ。宝くじでは、しょっちゅう店頭で見ていた額だけれど。

そんな夢物語でしか関わらない金額を、一人で貯めなくてはならないとは。でも、今は1日100万近くを稼いでいる。このままのペースなら、1年かからずに貯められる計算だ。それでも、遠い道のりなのだけれど。

日々の採取は大事だ。目標金額まで貯めるのもそうだが、何より日用品も買わないといけない。食材とか、石鹸とか。

キッチンに食洗機が着いているのは、地味に嬉しい。これも魔法で洗う仕組みだから、コーティングされたフライパンも入れられるのは助かる。

油でギトギトの皿も、米粒が乾燥してこびりついた茶碗も、予洗いなしに綺麗にしてくれるのだ。素晴らしい。

おかげで、シンクで使うスポンジや洗剤の類がほぼいらない。のだ。経済的である。

洗濯機も同様で、洗剤がいらないばかりか、普通なら洗濯機で洗えないようなものまで洗えるのは驚いた。羽布団はログハウスの洗濯機で洗えたよ。

ログハウス内は掃除いらずだし、本当に過ごしやすいところだ。これでステータスアップアイテムの値段がもっと下がってくれたら、助かるのだが。

銀の牙がいない間も、敷地周辺を回って草むしりに勤しむ。午前中と午後。みっちり草むしりをしたおかげで、今日も収入を得られた。家の周囲の草をむしれば金になる。なんてヌルゲー。いや、目標金額を考えたら、まだまだ先は長いのだけれど。

でも、1日80万だの90万だの稼ぐのだから、たまの贅沢くらいは許してほしい。

今日の贅沢。昼食と夕食にデザートを付けた。スーパーで売っているケース入りのケーキだ。昼はイチゴのショートケーキ。夜はモンブランタルト。デザートの分、食事は少なめに。昼はオムライスとサラダと味噌汁。夕飯はサンマの塩焼きと大根おろしと味噌汁、白飯。ケーキは美味しかった。

一人の時間は、長く感じる。日本にいた頃なら、ネットで暇潰ししていただろうに。こちらではそれもできない。

アプリの『異世界の歩き方』も一通り読んでしまった。なかなか面白かったから、中身の更新を期待したいところ。

寝て起きて、いつものように過ごして午後の採取から戻り、少しお昼寝。気がついたら日が暮れかけていた。

銀の牙は、4日後に再び戻ってきた。時刻は昼過ぎ。そろそろおやつ時だろうか。

「お帰りなさい、皆さん」

「ただいま！」

相変わらず、元気いっぱいだ。そして、返り血で汚れている。

「今日も、相変わらず汚れてますねえ」

「ははは。全部返り血だ。今回も、たくさん狩ってきたから、買い取りを頼むよ」

ラルラガンさんの声に合わせるように、彼の背後でセシンエキアさんが魔法の鞄を構えている。早く買い取りしろということか。

いつものようにブルーシートの上に出してもらった魔物は、数が多かった。それらを片っ端から査定していく。小さいものから大きなものまでバラエティ豊かだ。

中でも、以前鞄に入りきらないからと捨てていた恐竜のようなロロイが3頭もいる。そのせいか、総額が2500万イェンを越えた。

「2512万イェンですが、どうしますか？」

「以前滞在費用にお預けした分、まだありますか？」

以前チャージするだけした分か。まだある……はず。そろそろ、銀の牙専用の出納帳でも作らないと、わからなくなってきてるな。

とはいえ、ここはあると伝えておこう。

「ありますよ」

「では、今回の買い取り金額は全て現金でお願いします」

今回は、話し合いはなしらしい。最初から4人で決めていたのだろう。手数料はかかるけれど、2000万イェンは確実に現金で渡せる。

前回同様、少し待っていてもらって、ログハウスで金貨を購入する。相変わらず木箱で届く金貨は重い。一応中身を確かめてから、結界と浮遊を使い銀の牙の元まで運んだ。

彼等は手際よくテントを張り、テーブルを取り出し、椅子を取り出してセットしていた。手慣れたものだ。

「お待たせしました。こちら、金貨になります」

「ありがとう、アカリ。一緒に茶でも飲まないか？」

金貨を持って行ったら、お茶に誘われてしまった。時間も3時近くだし、構わないだろう。

「ありがとうございます。茶菓子は入り用ですか？」

「いる！」

4人の声が重なった。セシンエキアさんが代表して、金貨を一枚渡してくる。わかっているな。すぐにログハウスに戻って、お買い物アプリで茶菓子を購入する。今日は徳用クッキーだ。

銀の牙のテント前で、5人でクッキーを片手にお茶の時間。こんな時間の過ごし方にも、そろそろ慣れてしまいそうだ。

話題は、彼等が戻ったティエンノーの話がほとんどだった。

「いやあ、相変わらず酷い街だったよ」

「ギスギスした雰囲気が、酷くなっていたな」

「それに、何だかギルドでの対応も悪くなかった？」

「もうあの街に行きたくありませんよ」

そんなに酷いのか、ティエンノー。話を聞いていたら、ラルラガンさんが仲間に向き直った。

「やっぱり、拠点を変えよう。一度、ゼプタクスに行ってみないか？」

ゼプタクス。このホーイン密林に接しているレネイア王国という国にある街だったな。トールワーン王国のティエンノー同様、冒険者の街と言われている。密林に近い街は、どこもそう呼ばれるんだろう。

「いっそ、もうゼプタクスに拠点変更の手続き、しちゃわない？」

「いや、一度は自分達の目で確かめた方がいい」

「私も、イーゴルの意見に賛成です。いい噂ばかりの街ですが、実際に見てみないことには何とも言えませんから」

早く拠点変更をしたいリンジェイラさんに対し、イーゴルさんとセシンエキアさんは慎重な考えのようだ。

というか、セシンエキアさんって、神様関連が関わらなければ、真っ当なんだな。

その後は、それぞれ新調したいあれこれについての話題になった。男性陣は自分の剣や盾、装備について。

女子は魔法の鞄を拡張したいセシンエキアさんと、テントを新調したいリンジェイラさんで別れた。

「はあ、こんなボロいつまでも使ってないで、早く新しいのに買い換えたいわあ」

ちらりとテントを見て、リンジェイラさんがぼやく。ボロって。そんなにボロく見えないのだが。

「まだ使えそうですけれど？」

「もっと広いのが欲しいのよ！」

どうやら、リンジェイラさん的に今のテントは狭いらしい。まあ、このサイズで4人、しかも男女混合だもんな。狭くも感じるか。

「ここで今夜は休んで、明日の朝一番でゼプタクスに向かう。向こうの様子を確認して、やっていけそうなら拠点変更の手続きをしよう」

これからの予定を、ラルラガンさんが確認する。彼の言葉に、銀の牙の面々は無言で頷いた。

翌朝、彼等を見送ってから、自分の採取を行う。この静けさにも、慣れないといけない。

彼等はこの敷地に戻るつもりでいるようだけれど、先なんてどうなるかわからないのだから。ゼプタクスの居心地がよければ、そのまま居着くかもしれない。

そうなると……

「カモがいなくなるのは、厳しいなあ」

彼等ほど、いいカモはいない。金払いがよく、こちらが提供するものに疑問を一切抱かない。訓練されたカモではなかろうか。

……もしかして、その訓練をしたのがティエンノーという街？　それは嫌だな。

それはともかく、今日も今日とて採取に励もう。ティエンノーに行った時も、3日くらい留守にしていた。なら、ゼプタクスに行っている今も、同じくらい留守にするのではないか。

彼等がいるとお金を落としてくれるのでいいのだが、その分帰ってくるのを敷地で待たなくてはならない。木戸は、私にしか開けられないから。

もっとも、今の私の魔力量では敷地の周辺を回るくらいしかもたない。本当はもっとステータスアップアイテムを使って魔力量を上げ、遠くまで採取に出たいのだが。

そのためには、まず金を貯める必要がある。異世界も、意外と世知辛いものだ。

銀の牙を見送ってから4日。外から声が聞こえる。銀の牙の皆が戻ってきたらしい。

木戸を開けると、満面の笑みの4人が立っていた。

「ただいま！」

4人が同じ言葉を口にする。

「お帰りなさい」

ゼプタクスに行って帰ってするのに、4日か。結構掛かるんだな。ティエンノーの場合は、2日程度で帰ってくるのに。

それとも、ティエンノーとは違い、ゼプタクスはゆっくりしたい街だったとか？　それはそれで、いいことなのかもしれない。カモがいなくなるのは寂しいけれど。

「結構ゆっくりしてらしたんですね」

雑談としてそんなことを口にしたら、何やらラルラガンさんが苦い笑いを浮かべる。

「いや、実はゼプタクスに行って、そのままここに寄らずにティエンノーへ戻ったんだ」

「え？」

ゼプタクスから、ティエンノーへ？　だから、4日掛かったと？

「ええと、ゼプタクスはよくなかったんですか？」

それで、ティエンノーに戻ろうとしたとか？　私の質問に、銀の牙は4人とも否定した。

「違う違う！　いい街だったよ」

「あそこなら、拠点を移してもいいと思える」

「そうね。ギルドの職員も感じがよかったし」

「ですが……」

概ね好評なゼプタクスだが、何かまずい点があるようだ。

「……立ち話もなんですから、お茶でも飲みながらにしましょうか」

私の提案に、否を唱える人はいなかった。


いつものようにテントを出し、その前にテーブルを出してさてお茶でも、と思ったその時、木戸の向こうからダミ声が響いた。

「おいおいおい！　何だよここはよお！」

「はっはー！　あいつらの後を追ったら、こんな場所に出るとはなあ！」

「おめえ等、こんな隠しごとをしていたなんて、水くさいんじゃねえか？」

身なりが汚いおっさんが３匹……じゃなくて、３人。ひげ面で、ぼうぼうの髪、革製の鎧らしきものを着込んでる。……山賊？

いや、ここダンジョンだからダンジョン賊か？

「あいつら、ティエンノーの」

「下がってろ」

「全員まとめて灰にしてやるわよ」

「神の怒りを思い知るがいいのです！」

なぜか、銀の牙が全員戦闘モードである。どうやら、彼等の知り合いのようだけど、それがなぜこんなに戦う気満々になるんだ？

内心首を捻っていたら、ラルラガンさんが彼等に向けて怒鳴る。

「おい！　俺達の跡を付けてたっていうのは、本当なのか？」

「へ！　おめえらだけでこの密林の素材を独占しようなんざ、１００年早えんだよ」

「このホーイン密林で野営なんざ、正気の沙汰じゃねえよ。んで、俺っちの勘が働いたってわけさ。おめえ等は、何か隠してやがるってな。んで、昨日から付けていたらよう、こんな場所があるなんてなあ」

「おら！　御託《ごたく》はいいから、ここを開けやがれ！」

一人は、こちらに手を伸ばしてきた。でも、ちょうど木戸の辺りで見えない壁に阻まれている。この敷地は、私が招き入れない限り誰も入れないようになっているのだ。

彼等がどれだけ喚こうとも、私は招き入れるつもりはない。それにしても、態度が悪いおっさんどもだな。

眉をひそめていたら、リンジェイラさんがこそっと囁《ささや》いた。

「悪いわね。あいつら、ティエンノーのギルドに所属する、冒険者なのよ」

「え⁉　あれが⁉　山賊とかじゃなくて⁉」

思わず驚いて大声が出た。一瞬しんと静まりかえった後、ラルラガンさん達が笑い出す。

「さ、山賊⁉」

「確かにそう見えるな……ぶふっ」

「くっくっく、そういやあ、冒険者の仕事の中に、山賊討伐も含まれているわよねえ？」

「では、遠慮なく」

リンジェイラさんとセシンエキアさんの笑顔に、圧を感じる。いや、どのみちあの３人は中に入れないいんだけれど。

「てめえ！　なに人を賊扱いしてやがんだ！　失礼だろうが‼」

いや、どう見ても山賊だろう。そう言われたくなかったら、もっと身ぎれいにして来るがいい。銀の牙を見習え。

まあ、彼等は彼等で、返り血で汚れたまま来る時もあるけれど。

山賊達は、木戸の向こうで吠え続けている。そこにラルラガンさん達が出ていこうとしたので、引き留めて耳打ちした。

「大丈夫です。ここ、私が招き入れない限り入れないから」

「本当か⁉　そういや、いつもアカリが開けてくれるまで、あそこは開かないな」

4人で何やら顔を見合わせて苦笑しております。

「あのまま放っておけば、そのうち帰るでしょう」

「いや、帰る前に……」

ラルラガンさんが何か言いかけた時、山賊達が青くなってこちらに叫んできた。

「おい！　早く中に入れろ‼」

「ヤベえのが来てんだよ‼」

山賊達は、しきりに背後を気にしている。そちらからは、何やら狼の遠吠えのような声が響いてきた。この密林、狼もいるのか？

叫ぶ彼等に、ラルラガンさんがのんびり答える。

「ああ、森狼かな？　あれは集団で獲物を狩るから、お前らの人数じゃあ厳しいんじゃないか？早く逃げることを勧めるよ」

「てめえ！」

「馬鹿！　言ってる場合か！　行くぞ‼」

焦った様子で、山賊達がどこかへ駆けだしていく。その背を柵の中から見送りながら、ラルラガンさんがぽつりと呟いた。

「こうなるとはな……」

何やら、銀の牙の表情が優れない。かと思ったら、いきなり4人が頭を下げた。

「すまない！」

「え？」

「俺達のせいだ」

何が？


とりあえず4人を何とか宥め、説明してもらった。

「さっきも言ったが、あの連中、ティエンノーの冒険者なんだ」

「俺達の跡を付けてきたなんてな……」

「勘が働いたとか言っていたけれど、本当かしら」

「誰かに、唆《そそのか》されたとかですか？　あり得ますね」

ティエンノーでホーイン密林の素材を大量に売却したら、ここのことがバレて跡を付けられた……でいいのか？

私の確認に、ラルラガンさんが渋い顔になる。

「アカリの家の存在が知られたというよりは、ホーイン密林内に何かあると思ったんだろう」

「あいつら、あのまま帰さない方がよかったんじゃないか？」

「やっぱり、燃やす？」

「そこは神の鉄槌を」

おっと、放っておいたら何やら危ない方向に話が進んでいる。

「待って待って！　とりあえず、落ち着いて。さっきも見たように、ここは私が招き入れない限り、誰も入れませんから」

「だが、敷地の外で採取をすることもあるんだろう？　あいつら、一応冒険者だから荒事には慣れているし、もし力ずくで何かされたら……」

ラルラガンさんが、心配そうに聞いてくる。

「その時は、バリアを使うので、彼等にどうこうされることはありません」

元々、バリアは魔物対策で、敷地の外に出る時には必ず使っているものだ。魔物すら弾くんだから、人間の攻撃くらい楽勝だろう。さすがにあんなむさいのが大挙してこられたら面倒だけれど、それ以上のものではない。

「逆に、皆さんが来づらくなるんじゃないかと、そちらが心配です……」

この人達は、いいカモなのに。ぼったくれなくなったら、敷地周辺の採取だけが収入源になってしまう。銀の牙には、ぜひとも定期的に通っていただきたい。

そんな私の内心を知らないからか、銀の牙の面々は何やら涙ぐんでいる。

「アカリ……」

「心配してくれるとは」

「嬉しいわあ」

「安心してください、アカリさん。この神力に溢れた場所に、あのような穢《けが》れた連中は近寄らせません！　そのためにも、いっそティエンノー自体を潰しませんか？」

怖い提案している人がいるぞ。

「それはいいな」

「あそこは街全体が腐っているから、罪悪感も少なくて済む」

「盛大に燃やしちゃいましょうか」

駄目だ、全員セシンエキアさん側にいってる。

「いや、もう本当に、落ち着いてください皆さん」

頼むから、大量虐殺とかやめてくれ。怖すぎる。本気か冗談か、私にはわからないんだから。

その日は遅いので、夕飯を出しただけで終わり。そういえば、テントの形が前のと違うようだけれど、突っ込むのは明日以降にするか。

翌朝、いつも通り朝食を提供したついでに、昨日聞きそびれたゼプタクスの話を聞く。当然私も、彼等と同じテーブルで朝食だ。

パン1斤を食べる彼等の前で、8枚切りの食パンをトーストしたものにバターを塗っただけのものを食べる。飲み物は彼等と同じこの世界で飲まれている大衆的なお茶にした。

「アカリ、それだけで足りるの？」

「ええ。それよりも、ゼプタクスの話を聞かせてください」

リンジェイラさんに突っ込まれたけれど、8枚切りを2枚だから、実質4枚切りを1枚食べているようなものだ。

いや、彼女達が1斤食べているのは、見ないことにしておく。さすがに彼女達と同じだけは、食べられない。

話題を逸らした結果、ゼプタクスには彼等にとって致命的な部分があるという。

「売っている装備が、よくないんだ……」

「装備」

剣とか鎧とかのことらしい。それに加え、魔法の鞄もろくに売っていないそう。売っていても、ティエンノーとは桁が違う値段が付いているんだとか。

それは見事なぼったくり。見習わなければ。

「魔法の鞄もそうなんですが、テントもティエンノーで買えるものとは雲泥の差でして」

「というわけで、ティエンノーでテントを新調してから、ゼプタクスに拠点変更することになったのよ」

リンジェイラさんが、何故かドヤ顔だ。ちらりと見た彼等のテントが新しく見えたのは、気のせいではなかったらしい。

「それで、これを？」

聞いてみたら、リンジェイラさんだけが満面の笑みで、他の3人は少し疲れた様子を見せた。

これは、リンジェイラさんに押し切られたな。

私の問いに、リンジェイラさんが嬉しそうにしている。

「あ、わかる？　やっとこれを新調したのよお」

かなりのはしゃぎっぷりだ。テントの新調、そんなに嬉しかったのか。

「このテントねえ、前のよりうんと中が広いのよ。そして！　個室があるんだから！」

テントに個室とは、これいかに。理解が追いつかない私の手を、リンジェイラさんが引っ張った。

「特別よ。アカリには中を見せてあげる！」

そのまま、テントの中に引っ張り込まれる。テントと言っても、日本で見ていたようなものではなく、立ったまま出入りが可能な背の高いものだ。

八角形のテントに入ると、リンジェイラさんが言っていたことが理解できた。外観の何倍という奥行きが広がっている。奥だけではない、天井も高かった。

思わず見上げていると、背後からラルラガンさんも入ってきた。

「高かったけれど、リンがどうしてもこれがいいって聞かなくて」

「当たり前でしょ!?　今までどれだけ我慢してきたと思ってるのよ！　これで雑魚寝から解放されるんだから。ああ、最高。しかも、ここなら夜間の見張りもいらないし。夜も寒くないからたき火の必要もないし！　火の番もいらない！　素敵!!」

よほど鬱屈したものがあったのか、リンジェイラさんのハイテンション振りが怖い。

朝食後、狩りに行く彼等を見送った後、自分も採取に出る。浮遊を使わなければ若干外にいられる時間が延びるけれど、まだ敷地の外を一周するまでには至らない。

頑張って、魔力量を上げていかなくては。それにはまず稼ぐこと。永遠のループだな、これ。

昼食に、銀の牙は戻らなかった。どこまで行ってるんだろう。それに、お昼はどうしたのか。気になる。あの食いしん坊達が、食べるのを我慢しているのだろうか。

ちなみに、私の本日の昼食はパンケーキ。たまには甘いもののみの昼食もいいものだ。

午後からの採取を終え、少し横になっていると、木戸から呼ぶ声が聞こえる。銀の牙が帰ってきたのだ。

「お帰りなさい」

「ただいま！」

4人の声が揃っている。それにしても、またしても血だらけなのだが。これも、全て返り血なのだろう。

4人が敷地に入り、テント前で査定のために狩った魔物を出していく。

「いやあ、今回はここがあるってわかってたから、出会う魔物はもれなく狩ってきたよ」

「ここに来れば、買い取ってもらえるしな」

「素材を入れる魔法の鞄も、拡張したしね」

「高くつきましたが、その分容量が倍以上になりましたからね……」

魔法の鞄は、中身の容量を増やせるものがある。この辺りの情報は、『異世界の歩き方』で読んだ。

容量固定の方が安いけれど、後々を考えるなら、初期費用が高くついても容量を増やせる方が得らしい。

査定が終わり、全てを売ると１３００万イェンになることがわかった。今回は、全てチャージに回すそう。

その後は、いつものようにテーブルで雑談だ。お茶請けはお買い物アプリで買った、徳用ドーナツ。ここで出すのは徳用が多いな。

味はそこそこだけれど、量が多いのがいい。何せここにいるのは大食らいばかりだから。女性のリンジェイラさんやセシンエキアさんでさえ、男性と同じくらい食べる。

なのに、あの体型を維持できるとか。どういう体の構造になっているんだ？

今も、皆次から次へとドーナツに手を出している最中だ。やはり、昼食を抜いたな？

「気のせいかもしれないけれど、ティエンノーからの道筋より、ゼプタクスからの方が高い魔物が出るんだよな」

おっと、くだらないことを考えていたら、話が進んでいた。ラルラガンさんによると、体感だけれど似たような場所のはずなのに、出てくる魔物が違うそうだ。そこは「高い魔物」ではなく「強い魔物」なのでは？

こちらとしても、お高い魔物を丸ごと売ってくれることにはメリットがあるからいいんだが。

今回の査定結果は全てチャージに回すらしい。金額を聞いて、セシンエキアさんがぐふふと笑う。

「前回の分と合わせて、5日は確実にここにいられますね、ふふふ」

セシンエキアさんの笑顔が怖い。計算が速い人だから助かる面もあるけれど、どうにも読めないところがある。

「セシ、お金を貯めても、しばらくは装備に回すんだからね？」

「わ、わかってますよう。私の私による私のための祭壇は、老後の楽しみのためにとっておきます」

祭壇？　耳に飛び込んできた単語に、首を傾げる。いや、セシンエキアさんが修道女だというのは、最初の頃に聞いたけれど。

確か、邪神を崇拝する教義に疑問を持ち、幼女女神を信仰するようになったんだったか。幼女女神が聞けば、喜ぶかもな。あ、朝の祈りタイムで報告するの、忘れてた。

私の視線に気付いたのか、リンジェイラさんが苦笑する。

「セシは自分の教会を建てるのが夢なのよ。そこに、例の今は忘れられた女神を祀るつもりなんですって」

「そうなんですね」

これも併せて、明日の朝にでも幼女女神に報告しておこう。それにしても、自発的に幼女女神を信仰しようとは。セシンエキアさんも物好き……

「いで！」

金だらい！　ログハウスの外でも降ってくるとか！　しかも、何か今日のは特に痛くないか？

スマホが鳴らないってことは、幼女女神は何も言う気がないってことか。くそう。

足元に転がった金だらいを見て、セシンエキアさんが飛びついた。

「こ、これは！」

しまった。この金だらい、どう説明すればいいんだか。背中に嫌な汗が流れるのを感じていると、セシンエキアさんがぐいと顔を近づけてきた。

「これ、神力が強いですね？」

「え？」

神力っていうと、水にたくさん含まれていると言っていた、あれか？

想定外の質問に答えられずにいると、セシンエキアさんの目がキラキラからギラギラに変わった。

「これ、売ってください！」

「はい？」

「30万出しますから！　いや、40万……ええい、50万でどうだあああああ！」

「う、売ったあああああ！」

勝手に値段が上がっていくのが怖くなり、思わずこちらも大声を出してしまう。ともかく、これで取引成立。セシンエキアさんは、本当に金貨5枚を支払った。

「うふふふ、これでこの神力は私のもの……ぐふふふ」

見てはいけないものを見てしまった気がする。ともかく、神罰と言われた金だらいが、1個50万で売れてしまった。

あれ、もう4つはログハウスに転がっていると言ったら、全部買い取ってくれるんだろうか？　2個50万なら、4つで200万、今売った分と合わせて250万の売り上げか。

ちょっと、もう2つ3つ、金だらいが落ちてこないだろうか。


その後、ログハウスに戻ると幼女女神から通話が来た。初めての通話である。

『あれを売るでない！　絶対に売るでないぞ!!　特にあやつには！』

「いきなり電話で何を――」

『今日、そなたはわらわの神罰を売ったじゃろうが！』

「ああ、あの金だらい。1個50万で売れました。ログハウスに転がっている分も売ろうかと」

『売るでないと申しておろうが!!　あ、あやつが今、何をしているかわかっておるのか!?　あれを、なめ回しておるのじゃぞ？』

「ええ？　汚いなあ。ちゃんと消毒してからでないと」

『そういう問題ではないわ！』

でも、神罰として人の頭に落としたものなんだから、その後の扱いは落とされた側に権利があると思うんだ。

それに。

「私が売り買いすると、幼女女神の力が回復するんでしょ？　なら、ここは黙って」

『黙っていられるかあああああ！』

いや、知らんがな。セシンエキアさんが行きすぎた信仰を持っていたとしても、私としてはきっちり支払いをしてくれる上客である。

その上客が欲しいというのなら、売らない手はない。それに、いくつも金だらいがあっても邪魔だしな。

何やらスマホの向こう側でしくしく泣いている声が聞こえてきたけれど、そのままそっと通話終了ボタンをタップしておく。聞かなかったことにしておこう。

あ、教会の件、伝えるのまた忘れた。

翌朝、朝食のパンとコーヒー、ジャムを持っていくと、何やら朝から全員がどんよりとして

いる。

「どうかしましたか？」

「ああ、いや……」

「見てよこれ！」

ラルラガンさんの言葉を遮って、リンジェイラさんが自分の着ているローブの裾を指し示した。そこは、何やら色が変わっている。

「これ……」

「昨日狩った魔物の血が、落ちないのよ……」

ああ、そういうことか。

彼等の洗濯は、リンジェイラさんが出す水ですすぐだけ、らしい。つまり、ただの水洗い。洗剤は使わない……というか、衣類用の洗剤はないそうだ。マジか。

今まではそれで何とかなっていたらしい。汚れが酷くなったら、装備の買い換え時と思ってたんだとか。

ただ、ゼプタクスはティエンノーより冒険者用品が高いという。

「装備関連も、ティエンノーの方が安かったのよ。魔法関連は、確実にティエンノーね」

そういえば、『異世界の歩き方』にもそんなことが載っていたような。国ごとに技術の差が激しく、特に魔法技術はかなりの差があるんだとか。

リンジェイラさん曰く、魔法の鞄もテントも、ティエンノーで買ったものだそう。ゼプタクスには魔法の鞄は売っておらず、内部に空間拡張を施しているテントも売っていないらしい。

盛大に嘆くリンジェイラさんを筆頭に、全員汚れが落ちず、かつ臭いも残っている装備を身につけるのが苦痛のようだ。

「……鎧は無理かもしれませんが、布ものなら、汚れが落ちるかもしれません」

「え？」

うちの洗濯機は神様仕様だから、汚れも魔法で綺麗に落としてくれる。汚れが落ちるということは、臭いも消せるということだ。

「私の家にある魔道具で、汚れが落とせるかもしれないんです。試してみますか？」

「ぜひ！」

よし、乗ってきたな。

「では、汚れが落ちたらお一人様10万イェンということで」

「お願いします！」

街中の洗濯に比べれば、馬鹿みたいに高いだろうに。彼等の金銭感覚も、いい感じでバグってきているのかもしれない。

私はとっくにバグっている。1日に100万円も稼げたら、誰だってそうなるだろう。

預かった服や布物は大量だったので、3回に分けて洗濯機に入れた。魔法で綺麗にするから、どんな汚れでも大丈夫だと思う。

「……本当に落ちた」

1回目の洗濯で、血の染みと臭いが綺麗に落ちたのを見た時は、ちょっと感動した。さすが女神印、高性能だ。

残り2回もサクサクと終え、畳んで持っていったら銀の牙にも感動された。

「凄い。あのシミが落ちている！」

「臭いもない。こんなことは初めてだ」

「あー！　この間引っかけて穴開いてたところ、綺麗になってるー！」

「ぐふふ、神力が残ってますよ、いい香りですくんかくんか」

最後の一人が言ったことは、聞かなかったことにしておこう。

それよりも、リンジェイラさんの発言の方が気になる。穴が塞《ふさ》がっているとは、どういうことだ？　あの洗濯機、修繕機能まであるのか？

……スマホは鳴らない。幼女女神は黙秘するつもりのようだ。

洗濯物は見事に綺麗になったので、一人10万イェンずつ支払ってもらおうとしたら、倍額を支払ってくれた。なぜ？

「思っていた以上に綺麗になったから」

「長年染み込んだ臭いが消えたので」

「穴が塞がって、もう少しこのローブを使えるようになったから！」

「神力のお裾分けをもらえたのでぐふふ」

……いい仕事をした対価と思って、もらっておこう。

4章　招かれざる客

　彼等は明日にはまた敷地を出るらしい。とはいえ、それはここに戻らないという意味ではないそうだ。

「ティエンノーのギルドをやめる手続きが終わったからな」

「今度は、ゼプタクスに行って手続きをする必要がある」

　転入転出手続きのようなものか。

「とっととティエンノーと縁を切っちゃいたいわ」

「装備に関しては、いい品が揃う場所なんですけどね……」

　4人が何やらどんよりとしている。装備関連に関しては、ティエンノーの方がいいと言っていたからか。

「ええと、もう二度とティエンノーには行けないんですか？」

「いや、そんなことはないが……やはり、拠点を移した冒険者には、装備を売ってくれない店が多くて」

　なるほど。自分達の街の冒険者になら売るけれど、よそ者になった以上もう売らないぜってことか。みみっちいな。

「本当は、ここを拠点にしたいんだけどねえ」

リンジェイラさんが何か言っている。

「馬鹿言うな、リン。ここにはギルドがないだろ？」

「そうなんだけど」

これも『異世界の歩き方』で読んだのだけれど、冒険者ギルドに所属する冒険者は、一定の期間内にギルドに行って生存確認をしておく必要があるんだとか。

生存確認を怠ると、死亡扱いになるらしい。別にもう一度手続きをして生きていることを証明すればいいんだけれど、それまで積み上げてきた実績は全てなくなるそう。

これには理由があって、死んだ冒険者の身分証を使い、なりすました人間が過去にいたらしいのだ。それが元でトラブルになり、以来ギルドは生存確認をするようになったそう。実績が消されるのも、なりすまし防止のためなんだとか。色々と面倒な世界だ
「ともかく！　お金を貯めるためにも、ここで魔物を狩らなくてはいけません。そのための生存確認でもあります。皆さん、頑張りましょう！」

そういえば、セシンエキアさんは教会を建てるのが夢だったか。そのためにお金を貯めているそうだけど、教会を建てるのって、どのくらいかかるんだろう。

銀の牙は、もう出立の準備をしている。その様子を何となく眺めていたら、不意に気付いた。

これから彼等のような冒険者を受け入れるとしたら、今の敷地の広さで足りるのか？　ここ、私の目からはかなり広いし、今銀の牙が使っているようなテントなら、もう20くらいは設営できそうだけれど。

敷地のど真ん中よりやや奥よりにログハウスが建っているので、木戸周辺だけでなく、ログハウスの脇や裏手にもテントを張れば、それなりの人数を受け入れられる。

ただ、そうするとログハウスを冒険者のテントが囲むわけだ。それはちょっと勘弁願いたい。

あれこれ考えて唸っていたら、支度が終わったらしい。銀の牙が木戸を開けている。あの木戸、外側から開けられるのは私だけだが、中から開けて出ていく分には彼等でも問題ない。

「アカリ、行ってくる！」

「行ってらっしゃい」

こんな何でもない挨拶に、あんなに嬉しそうにされると、ちょっとこちらも照れる。

ともかく、彼等が狩りに出ている間は、私も採取に出よう。

現在のチャージ金額は、結構貯まってきている。とはいえ、銀の牙がチャージして、彼等の滞在費に使う分は、また別枠で考えなくては。スマホで管理するのが一番か。

どうやればいいのか考えていたら、尻ポケットのスマホがピロリン。カスタマーセンターからのお報せだ。

『いつもご利用ありがとちゃん！　ＹＯＵ、疲れてるね？　そんなＹＯＵの疲れを、お買い物アプリがささっと解消さ！』

何だこのウザい文面。

『ウザくないし！　そんなこと言ってると、いい情報教えてやんないよ!?』

別にいいわ。ウザい奴から提供される情報に、いいものなぞない。

『待ってええええ！　お願いだから聞いてえええええええ』

教えたいのか教えたくないのか、どっちだよ。

『聞いてくださいお願いしますううう。今度、アプリに新しい商品が入荷するんですよ。お客様が女神様のお力を取り戻すべく、尽力なさっている結果です。そちらの商品が、お客様の悩みを解消するものになると確信しております！』

やればできるじゃない。最初のウザさは何だったんだよ。

それはともかく、新商品か。

『このお報せのあとに入荷しますので、ご確認ください。では！』

幼女女神とのメールでも思ったけれど、文面と会話してたよな？　会話というか、こちらは一切口に出していないんだが。

これも、幼女女神仕様と思えばいいのか。店内で調理とか、文面で会話とか、こちらの思考を読んでくるとか、突っ込みどころは満載だけどな。

とりあえず、先に採取を済ませる。相変わらず1回の外出で敷地を一周すらできないポンコツだけど、それなりに慣れたようで、1回にチャージできる金額が微増している。

微増といっても、5、6万だから「微」ではないのかも。日本にいた頃は、5万稼ぐのも大変だった。それを思えば……

カスタマーセンターからのお報せにあるように、新商品が入荷しているせいか、チャージの時にもNEWマークがちらついて目にうるさい。客の事情も少しは考えてもらいたいものだ。

私室に戻り、タブレットでお買い物アプリを開いた。やたらと主張の強かったNEWマークを、やっと消せる。

「さて、一体何が入って……何いいいいいい!?」

驚きのあまり、座っていた椅子から立ち上がった。それくらい、この新商品にはインパクトがある。

画面にでかでかと書かれている文字は「温泉」。日本人が愛して止《や》まない施設だ。

「まさか、異世界に来て温泉に入れるとは」

いや、仕組みが仕組みだから、異世界であろうとも温泉があるのは不思議ではない。ただ、周辺の国では入浴の習慣がないという。なら、温泉に浸《つ》かる習慣もなかろう。

もしかして、この世界にある温泉は、ただお湯が自然に沸いている場所という認識だったりするのか？

「いやいやいや、それはともかく、今は新商品の温泉だ」

商品というくらいだから、買えるはず！

「いかん、落ち着け自分」

詳細も知らずに買おうとは。敷地の中で入れる温泉なのかどうか、ちゃんと確認する必要がある。とはいえ、お買い物アプリに入っているのだから、敷地内で使えるんだろうけれど。

温泉は、離れ扱いになるそうだ。購入すると、ログハウスとは渡り廊下で繋がれるらしい。ということは、いちいち外に出ないでいいのか。それは楽。

異世界で温泉、しかも離れ。何という贅沢。

夢見心地で値段を確認したら、一気に現実に引き戻された。

「にせんごひゃくおく？」

初めて見る単位に、思わずおかしな声が出る。１億でも見たことのない金額だったのに、今度は２５００億とか。

確かに離れを建てるのだから、高くなるだろう。温泉なのだから、その分高くなるのもわかる。でも、それがこの値段って、どうなんだ？

期待値が高かった分、がっかり感も半端《はんぱ》ない。２５００億って、どうやって貯めろと？　それに、温泉は効能別になっている。しかもこの効能、重ねがけ？　ができるらしい。

つまり、全ての効能を手に入れたくば、２５００億を３つ、計７５００億かかるということ。

もう、果てがなさすぎて実感が湧かない。

しばらく椅子に座って天井を見上げ、ぼんやりと過ごす。

「とりあえず、効能だけでも確認しておこうか」

人、これを現実逃避と呼ぶ。いいんだ。誰かに迷惑をかけているわけでもないんだから。

温泉の説明には、効能も書いてある。

疲労回復（小）、傷治癒（小）、病気（小）。どれも小なのか。そして美肌とか慢性皮膚炎とか、日本でよく見かける効能がない。さすが異世界。

説明によると、効能に付く（小）は、効能の度合いを示しているそう。疲労回復（小）は、一度の入浴で全ての疲労を解消はできないが、連日入浴することで徐々に回復していく。

傷治癒（小）は、切り傷や火傷の軽傷を一度の入浴で治すそうだ。また、病気平癒（小）は流行病などを治す効果がある。ただし、長年患っているような病気は、何度入っても治癒はできない。

「ただし、この効能は購入後に有料でアップグレードが可能です？　ここでも金か」

　さすが幼女女神。こちらの足元を見ている。

「あだ！」

　私の頭にヒットして、床に落ちた金だらいががらんがらんと音を立てた。痛む頭を押さえて机に突っ伏していたら、ベッドに放っておいたスマホがピロリン。

『いい加減、神に対する不敬を正そうとは思わんのか？　まったく』

　うぬう。だが、この金だらいは行くとこ行けば売れるのだ。あとでセシンエキアさんに売りつけに行こう。

『やめよ！　あの者に売るでないと申したではないか！』

　はっはっは、知らんなあ。落とされた以上、これは私のもの。なら、誰に売るも私の自由というものなのだよ。

　お買い物アプリに売っても20円とかだし、だったらセシンエキアさんに数10万で売りつけた方がいい。

『あの者に売られるくらいなら、わらわが回収する！』

「え？」

言うが早いか、私の手元にあった金だらいが消えた。

『はっはっは。これでもうあの者に売れまい！』

「いや、まだ風呂場にあるから」

『な、何いいいい!?　く、そちらも回収してくれる！』

風呂場を覗きに行ったら、本当に金だらいが綺麗に消えていた。何だ、やればできるんじゃん。なら、最初から回収しておけばいいのに。

遠くで幼女女神の悔しがる声が聞こえた気がした。気のせいだな。


ティエンノーに生存確認の手続きをしに行った銀の牙は、きっちり2日で戻ってきた。ついでに、拠点変更の手続きもしてきたらしい。こちらは転出届けのようなものだな。

今回は一度敷地に戻ってきて、一泊してからゼプタクスに向かうという。

「やっぱりここで美味いものを食べないと、力が出ないよな」

「うむ。肉まんは至高の存在だ」

「何言ってるの。カレーが一番よ」

「私はお水が……」

相変わらずの4人である。

彼等は本当に一泊したら、テントをそのままにゼプタクスに向けて出立した。道すがら、出会った魔物は全て狩る勢いでいるらしい。

テントを置いていったのは、その分、魔法の鞄の容量を空けるためなんだとか。気合い入ってるな。

彼等を見送った後、私はいつものように草むしりという名の採取に出かけた。

金が欲しい。温泉に入りたいし、効能も全部揃えたい。そしてステータスも上げたい。そのためにも、金がいる。

日本にいた頃は、こんな金にがめついことを言ったこと、なかったのに。それもこれも、お買い物アプリにある品の値段が高いのが悪いんだ。

もっとも、よそでは決して手に入らないものが高いのだが。食材なんかは、むしろ日本にいた頃より安い。

「それにしても、先が長いな……」

今日も敷地周辺で採取をしつつぼやく。こうやって草むしりで1日100万円を稼ぐと思えば凄いことなんだが、何せ貯めなくてはならない金額が億単位だ。単純計算で1年かからず「運」を50上げられるアイテムを購入できるはずだけど、それがやたらと遠く感じる。

とはいえ、千里の道も一歩から。地道にこつこつとやっていくしかない。今日も今日とて草むしりだ。

たまにワテ鳥がバリアに特攻してくる。この鳥も魔物だから、時間が経てば復活するんだな。不思議な気もするけれど、それがここのルールなんだ。

ふと、銀の牙が倒した魔物を思い出す。彼等が持つ魔法の鞄一杯に詰まった魔物。午前中だけで2000万を超えることもある。

危険なのだろう。でも、その手っ取り早さに魅力を感じるのも確かだ。数時間で、1日の私の収入の20倍なのだから。

彼等のように、魔物を狩れれば。いや、私に彼等のような攻撃力はない。

「でも、鳥はバリアに突っ込んできて、勝手に死んでいくよね……」

高速で飛ぶワテ鳥は、見えない壁に激突して自損事故を起こした車のように自滅している。なら、他の魔物も同じように仕留めることができるのではないか。

考えて、途中でやめた。敷地の周囲を一周することすらできない魔力では、ここから離れるのは危険すぎる。せめて、一周できるだけの魔力まで上げておかないと。

結局、ステータスアップアイテムを買う話に戻るのか。やはり、しばらくは地道に過ごそう。

忘れがちだが、銀の牙の滞在費として徴収している金は、私の収入だ。つまり、一日に採取で稼いだ100万前後の金と徴収で得た500万の金、全て合わせて私の日収は600万ちょいになる。

ただし、銀の牙が滞在している間は。

この結果から、滞在日数を増やし、かつ滞在人数を増やすのが手っ取り早く稼ぐ方法ではないだろうか。

だが待て。以前、銀の牙の跡を付けて、ここに来た山賊どもがいたな。あんな連中がうじゃうじゃ来たら、嫌じゃね？

銀の牙が奇跡的に礼儀正しい……かどうかは置いておいて、比較的付き合いやすい冒険者だという可能性を考えると、やたらに敷地に入れる人間を増やすのもいかがなものか。

これは、この先のことを考えておかないといけないかもしれない。

銀の牙はゼプタクスに向かっているので、今日は確実に帰ってこない。午後の草むしりから戻ったら、いつもより長目に昼寝でもするかと思っていたら、スマホがピロリン。カスタマーセンターからのお報せだ。

『毎度、ご利用いただきありがとうございます。今回、お客様のご要望を叶《かな》えるべく、当アプリにて新サービスを開始しました。ぜひ、ご利用ください』

新サービスとな。今度は何を始めたんだろう？

スマホからお買い物アプリを立ち上げて、NEWマークをタップ。

「んん？　これが、新サービス？」

そこにあったのは、「分割払い」。今まで、お買い物アプリでの買い物はチャージを介しての一括払い。それを、これからは分割払いも選択できますよというもの。

そういえば、高額商品がどうして分割払いできないのか、考えたこともなかった。

でも、どうせ金利とか手数料とかがお高いんでしょう？

「何⁉　金利・手数料無料⁉　幼女女神なのに⁉　あだ！」

またしてもお前か金だらい！　痛む頭を手で撫でていたら、スマホがピロリン。

『不敬は罪じゃぞ？』

もう、どれが不敬に当たるのか、わからないっての。しかも、今回は金だらいがすぐに消えるし。よほどセシンエキアさんに売られたくないらしい。

もう一度、お買い物アプリを見る。分割払いって、要は借金だと思っているから、日本にいた頃は使わなかった。

でも、ここで魔力を上げて、銀の牙のように強い魔物を倒すことができれば、一挙に稼ぐ金額が上がる。そうすれば、分割払いの残金を一括で支払えるのではないか。

このままチマチマと積み上げていくか、先に魔力を上げて稼ぐ額を引き上げるか。

悩んだ末に、私は一つの決断を下した。

お買い物アプリで買った品は、全て木箱で届けられる。今、私の目の前にある木箱の中には、4本の瓶が並んでいた。

「相変わらず、ドリンク剤のような見た目なんだよなあ」

右から、魔力アップ（50）、精神力アップ（50）、魔法力アップ（50）、運アップ（50）。全て、魔法に関わるステータスアップアイテムである。

さすがに温泉の750億を分割にする度胸はなかった……これらステータスアップアイテムですら、かなりの金額になるのに。

魔力アップ2400万円、精神力アップ、魔法力アップ共に5900万円、運アップ1億1900万円。合計2億6100万円……のはずなんだけど、カスタマーレベルがカッパー1なので、常時5パーセント割引きが利く。

そのため、実質支払い金額は2億4795万円。割引き額が、焼け石に水な感じ。いや、本当はかなり大きな金額なんだけど。支払い金額があまりにも額が大きくてな……

で、この2億5000万弱を、驚異の200回払いにした。1回の支払い額、123万9750円。これなら、今の日収でも何とか支払っていける。

収入が上がった時に、繰り上げ返済をするのだ。少しでも、借金を減らすよう、頑張らねば。

その前に、買ったアイテムを使おう。

「魔力アップはマスカット風味だった。他はどうだ？」

苦かったりおかしな味だったりしませんようように。祈るようにまずは精神力アップのアイテムを飲んでみる。

「ん、オレンジジュースだな、これ」

美味しかった。ぐいっと飲んだのが少しもったいない感じ。あとでお買い物アプリからオレンジジュースを買おう。

次は魔法力。こうなると、味に期待したくなるな。

「お、これはリンゴジュースか」

濃厚な味だ。こちらはジュースでなく、リンゴ本体を買って食べよう。

「さて、最後は運か。……イチゴミルク？」

意外な味だ。とはいえ、どれも美味しくて助かった。

さて、では今のステータスがどうなっているか、見てみよう。

アカリ
生命力　81
魔力　360

体力　10
敏捷　2
器用　1
知力　37
精神力　55
魔法力　52
運　60

魔力量が劇的に上がった。これで敷地の外を一周するくらいはできるだろう。午後からが楽しみだ。

午後からの採取の時間、いつものようにバリアを使って外に出る。ついでに、魔力量モニターとしてステータス表示のスキルを使いながら草むしりをしていた。

そこであることに気付く。

「あれ？　魔力の減りが遅い……」

バリアはガンガン魔力を使う魔法なのに、今日に限って魔力の減りが遅いのだ。昨日まではほんの2、3分で魔力が1単位ずつ減ったのに対し、今日は10分以上経っても減らない。

もしかして、これが魔法の威力向上なのか？

「でも、これはこれで助かるかもー」

毎度毎度魔力切れを起こすのは、バリアが魔力食いだから。その燃費がよくなれば、より長く外にいられる。

これなら、魔物を狩りに行けるのではないか。期待が高まる。

その前に、もう少し敷地から離れたところを回ってみよう。これは、敷地から離れる訓練のようなものだ。

魔物を狩りに行くのなら、ここからもっと離れた場所に行く必要がある。一度銀の牙に付いていったけれど、かなり遠い場所だった。

敷地周辺にも魔物がいないわけではないけれど、やはり離れた方が高い魔物……強い魔物がいるんじゃないだろうか。

ならば、遠くへ行く必要がある。幸い、一人で行動するのなら、帰りは帰還が使えるのだ。帰還はスキルだし、魔力は使わない。安心して片道分の魔力を使い切れるというもの。

幸い、銀の牙はゼプタクスに行っている。最短でも2日間は帰ってこないはずだ。

「今が、チャンス」

私は、そのまま敷地の裏側から密林に分け入った。


ホーイン密林の中には、人が踏み固めた獣道《けものみち》のようなものがあるという。おおまかに、敷地を背にして右側、トールワーン王国のティエンノーへ至る道と、左側、レネイア王国のゼプタクスへ向かう道。

そして正面は、ウェターゼ王国のチェビスターという街へ至る道だ。敷地の裏手をまっすぐいくと、もう一つのダンジョン、洞窟ダンジョンがあるという。

もしかしたら、私のバリアなら洞窟ダンジョンに入っても安全かもしれない。でも、そこに入るには一つ、問題がある。

私は、閉所恐怖症なのだ。締めきられた空間が、何より怖い。洞窟なんてもっての他だ。私が耐えられないのは、体の自由が利かない空間。洞窟ダンジョンは広いのかもしれないけれど、進んでいったら狭い空間も出てくるかもしれない。

それを考えただけで、足がすくむのだ。無理、駄目、行けない。

というわけで、洞窟ダンジョンに入るのはなし。その手前までなら行っても問題ないけれど、そこまで魔力がもつかどうかが問題だ。

「それも含めて、試してみよう」

まったく、金の前には恐怖心も薄れるとか。人としてどうなんだ。自分のこの変化に、自分自身が一番戸惑っている。

日本にいた頃は、危ないことには近寄らないようにしていたのに。

ホーイン密林を行く。足元が草だらけでも、バリアのおかげで楽に移動できるというものだ。しかもステータスを上げたおかげで、消費魔力が減っているのに加え、魔力量そのものが増えている。つまり、長くバリアと浮遊を使えるということ。

おかげで先程からぶつかってくる魔物を簡単に狩れて、うはうは状態だ。

「はっはっは、既に1000万いったぞー!」

自分でもわかるはしゃぎっぷりである。でも、仕方ないことだと思うのだ。何せ、返済しなきゃいけない借金が、約2億5000万円ある。普通の収入では、返せるものではない。

このまま、魔物にぶつかってもらってどんどんチャージしていけば、残額が消える日も近いのではないか。そう思うと、気分も軽くなるというものだ。

もちろん、ステータス表示で自分のステータスをモニターすることも忘れない。

「大分敷地から離れたと思ったけど、まだ魔力量が半分以上残ってる。凄い」

スマホの時計を見る。敷地を出た時は、14時だった。現在の時刻は16時。2時間も移動していたのか。どうりで……

「喉が渇いたし、それに」

ここに来て、問題が発生した。飲み物に関しては、最悪お買い物アプリで買うことができる。水筒を買って、水を入れてもいい。

問題は、トイレの方。一度帰還で敷地に戻ると、ここまでまた歩いてこなくてはならない。いくら安全に移動できるとはいえ、歩くことは変わらないのだから、二度手間だ。

最悪、使い捨てと思って移動式トイレを都度買うという手もある。でももったいないし、何よりこんなところにトイレがいきなりあったら、他の人達が驚くだろう。

どうしたものか。

悩んでいたら、手に持っているスマホがピロリン。画面を見ると、カスタマーセンターからのお報せだ。

『ヘイヨー！　密林で迷えるそこのＹＯＵ！　いいもん仕入れてやったぜー！』

ウザ。今回は外れか。

『ハッハッハ。そんな恥ずかしがりのＹＯＵにも、ＭＥは厳しくしないぜ！　新商品、とくとご覧あれ！』

このタイミングで入荷する新商品。使い勝手のいいトイレか？

スマホでお買い物アプリを立ち上げ、ＮＥＷマークをタップ。魔法か。

「移動？　ええと、一度行ったことがある場所なら、いつでもどこからでも移動できます？

帰還とどう違……あ！」

そうか！　帰還は敷地に帰ることができるスキルだけれど、これは一度行ったことがある場所……つまり、今、この場所に、どこからでも移動できるという魔法か！

確かに、一番必要な魔法だな。でも。

「人の足元見てるんか？」

お値段、３０００万円。現在、チャージしている金額が、３０００万円ちょっと。これ、全額使えってか。

とはいえ、背に腹は代えられん。

「これで期待した働きをしなかったら、クレーム入れるからな！」

ポチって、早速インストール。スマホの画面から、敷地の前を選んで移動を使ってみた。

帰還の時同様、周囲が一瞬見えなくなる。次の瞬間、木戸の前に立っていた。

「おお」

帰還ではない証拠は、今立っている場所だ。あちらは私室に直接戻る。ステータス表示を見ると、魔力量が10減っていた。結構使うな。

「とはいえ、これであの場所から狩りを再開できる。これはいい」

これでトイレ休憩や食事休憩を取り放題だ。今日はもうこれで終わりにして、明日からまた狩りを頑張ろう。


翌日、朝食を食べて朝の祈り時間を終えた後、玄関から移動を使って昨日の場所まで戻る。

「うん、間違いない」

今日は行きに移動を使い、帰りは帰還を使う。省魔力のためだ。2回目の今日は、足元やちょっと手を伸ばせば届く位置にある草や枝、木の実などを採取する。

これらもいいお値段になるようだ。査定様々だな。

狩りの方はと言えば。

「お、また突っかかってきた。よしよし」

大型の牛のような魔物がこちらを弾き飛ばそうと全力で走ってきたが、バリアに衝突して頭部が見たくない状態になっている。

でも、このままチャージすればいいお値段になるのだ。ありがたや。まさか牛1頭で1200万いくとは思わなかった。これなら、移動の魔法に使った金額をすぐに回収できる。

魔物達は考えなしなのか、1頭が突っ込んでぐちゃぐちゃになったのに、仲間までこちらに突っ込んでくる。1200万が複数。あざーす。

敷地から離れ、方向としては裏手を奥へ奥へと進んでいくと、より高い魔物に遭遇するということがわかった。洞窟ダンジョンの影響だろうか。それとも、こちら側がホーイン密林の「奥」なのかもしれない。

森林型ダンジョンには、階層というものが存在しないが、その分、森林内の位置によって難易度が変わる……らしい。この辺りは『異世界の歩き方』に載っていた。

洞窟ダンジョンは、ホーイン密林の奥にある。つまり、ホーイン密林より凶悪な魔物が出るダンジョンということだ。

で、そんな洞窟ダンジョンの近くには、敷地周辺では見られない魔物が出るのだろう。あの牛の魔物も、その一種じゃなかろうか。

ともかく、今日1日で大分繰り上げ返済できたのは大きい。後は戻ってゆっくり休もう。

「空模様も、ちょっと崩れてきているし」

見上げた空は、重い色をしていた。


帰還で戻ってきた途端、外から雨の音がする。私室の窓から外を見たら、雨が降っている。

しかも、かなり雨足が強い。いいタイミングだったようだ。

敷地はバリアが張ってあるからか、少しも濡れていない。外に洗濯物を干すことはないけれど、雨が降っても濡れないのは便利だと思う。湿気も感じない。バリア様々だ。

どのみち帰ってきた今はゆっくり休もうと思っていたのだから、このまま一眠りするかと思っていたら、木戸から私を呼ぶ声がする。

「ただいまー‼　すまん！　アカリ！　入れてくれえええええ！」

木戸の向こうには、銀の牙の面々。慌てて外に出て、木戸を開けた。

「お帰りなさい、大丈夫ですか⁉」

どうやら、ゼプタクスから戻ってきたらしい。それにしても、タイミングの悪いことだな。

「いやあ、降られた降られた」

「ここは、雨が入ってこないんだな」

「やっぱり不思議な場所よねえ」

「これも女神様のお導きです！」

どうやら、私が使うバリアのような魔法を、リンジェイラさんは使えないらしい。4人とも、見事にずぶ濡れだ。

短時間とはいえ、あの雨に降られたのなら、当然の結果かもしれない。

「濡れたままだと体を壊します。すぐに着替えた方がいいですよ」

本当は風呂に入るのが一番だと思うけれど、敷地に風呂はない。ログハウスにはあるが、彼等とはいえ中に入れるのは躊躇《ちゅうちょ》する。

私の言葉に、ラルラガンさんが笑う。

「ありがとう。そうするよ」

言ったあとに、くしゃみが出た。急いだ方がいい。体を温めるには、温かい飲み物があった方がいいだろう。

テントに入った銀の牙に背を向け、ログハウスに戻った。

「体を温めるなら、生姜《しょうが》がいい」

生姜湯なら、簡単だ。生姜をすりおろしたものに、砂糖……の代わりに蜂蜜にしておこう。

それに熱湯を入れる。気持ち、生姜を多めにしておこう。

ささっと作った後、保温ポットをお買い物アプリで買って、生姜湯を入れて持っていく。

木戸の近くでは、既にテントが出来上がっていて、着替えたらしいラルラガンさんが上半身を大きな布で拭いていた。タオルも、あった方がよかったか？

「これ、皆さんでどうぞ。生姜をお湯で溶いたものです。あ、甘みは一応追加しています」

「ありがとう、助かる」

生姜は、こちらにもあるらしい。話が通じてよかった。

濡れた装備で、布関連はこちらで洗濯を申し出る。こちらは、ちゃんと料金をもらった。

バリアで洗濯物を包み、浮遊でログハウスに持っていく。洗濯機に放り込んでスイッチを入れれば、洗剤なしで綺麗になる。

敷地に雨が吹き込まないのも、高性能洗濯機があるのも、幼女女神のおかげか。今日くらいは、素直に感謝しておこう。

いつもの朝の時間ではないけれど、神像部屋に行ってお祈りしておく。

「ん？」

祈り終わったら、女神像がピッカーと光った。何が起こったんだ？

『よくぞやってくれた！　褒めてつかわすぞ！』

あ、幼女女神の声だ。それはいいが、何かやったっけ？

『これまでのそなたの働きにより、わらわの力が少しだけ回復したのよ！　むふふ、このままいけば、わらわが元の姿に戻る日も近いというものよ』

でも、神像は幼女のままなんだが。

「あだ！」

また金だらいが落ちてきた！　痛む頭を押さえながらその場にうずくまると、幼女女神の像から声が響く。

『ほんにそなたは学ばぬのう。女神たるわらわへの不敬は見逃さぬぞえ？』

本当、どっから見てるんだよ幼女女神。しかも、口には出さなかったのに。

『女神は何でも知っておるのじゃ。その証拠に、そなたに一つ預言を授けよう。これから来る最初の客は、入れる前に金を請求せよ。支払うなら入れてやれ。支払いを拒否しただけで帰るならよし、ごねた場合はわらわが神罰を下す。後から来る客は、長く付き合え。方法はそなたに任せる』

何それ。どういうこと？

幼女女神からの不思議な預言に頭を悩ませつつも、洗濯が終わったので畳んで持っていく。

ログハウスを出たところで、木戸の方角から大きな声が響いた。

「おおい！　何だこの扉!?　開かねえぞ!?」

また山賊だろうか。小走りに銀の牙のテント近くへ行くと、木戸の向こうにハゲ。いや、スキンヘッドの大柄な男がいる。

そのハゲが、木戸をガタガタとゆすっている。勝手に開けようとするな、ハゲ。

声に気付いたのか、テントから銀の牙の面々も出てきた。ラルラガンさん達は、木戸の向こうを見て驚いている。

「お前！　マーネロ？」

「ほう？　誰かと思いきや、銀の牙のラルラガンじゃねえか」

どうやら、知り合いらしい。ただ、ラルラガンさん達の態度を見るに、友好的な相手ではなさそうだ。

「おい、いい加減ここを開けろ！　そっちはどういうわけか、雨が降ってねえじゃねえか。俺達にも雨宿りくらいさせろや」

俺「達」。確かに、ハゲの後ろに人影が見える。二人……3人？　フードの付いたマントを羽織っていて、顔は見えない。

ハゲの脅しに、ラルラガンさんが冷静に返した。

「それを決めるのは、俺達じゃない」

ラルラガンさん達が、私を振り返った。まあ、敷地は一応私のものですからねえ。

銀の牙の視線を追って、私を見たハゲは、顔をしかめた。

「んだ？　そのちびガキ」

あ？　何だこのハゲ。この敷地、永久出禁にするぞ？

むかっとしていたら、ラルラガンさんが前に出てくれた。

「ガキとか言うな。この子がここの持ち主だぞ」

「へえ？　そんなガキがねえ」

二度もガキと言ったな？　若いと言われるのは嬉しい年齢だけど、子供扱いはしゃくに障《さわ》る。

こちらのことなどお構いなし、ハゲは話を進めた。

「おう、とっとと俺等も中に入れな。こっちにゃあ、ティエンノーのギルドマスターもいるんだぜ？」

「な⁉」

ラルラガンさん達が驚いている。これは、どういう種類の驚きだろう。ギルドマスターのような偉い人がここにいることについてか、それとも違う方か。

ともかく、幼女女神から与えられた預言は、無視できない。最初にやってきた者には、入れる前に金を請求しろ、だったか。

「入れてもいいですけど、一人一泊１００万イェンいただきます。ただし素泊まり、前庭での野宿になります」

「はあ？」

私の言葉に、声を上げたのはハゲだ。脇からラルラガンさんが「アカリ！」と呼ぶ声が聞こえるけれど、手で制する。今は、私にやらせてほしい。

「食事、水、トイレ使用料等は別料金です。全て、一人１００万イェンです」

幼女女神は、入れる前に金を請求しろと言ったが、金額そのものには何も言及していなかった。なので、こちらのお気持ちを優先し、銀の牙の10倍をふっかける。

私の言葉に、ハゲはこちらを睨み付けた。

「……ふざけてんのか？」

「いいえ？　まさか」

タダでここに滞在できると思ったら、大間違いだぞ。特にお前らのような、無礼な連中は。金を払わないのなら、入れないだけだ。こいつらがいなくても、私は困らない。

木戸の向こうのハゲを睨み付ける。大柄なハゲからすれば、私は見下ろす子供なのだろう。

このまま睨み合いが続くかと思ったら、ハゲの後ろから人影が前に出た。

「連れが失礼をしたね。許してくれないかな？」

フードをすっぽり被っているから顔はわからないけれど、声は少し低めでハスキーな感じ。女性とも、男性とも取れそう。

それにしても、許してくれとは。「ごめんなさい」でも「すみませんでした」でもない。謝ったら死ぬタイプの人間なんだろうか。

ここまでの会話だけで、この人達に対する評価はマイナスだ。多分、今の私は能面顔になっていると思う。

でも、相手は怯むことはない。フードの人物は、続ける。

「ここを開けて中に入れてもらえないかな？　この通り、ずぶ濡れなんだよ」

「さっき言った通りの金額を支払ってくれるのなら、入ってもいいですよ」

わざと嫌な言い回しをする。相手にも伝わったようで、ハゲが気色ばんだ。

「おい、小娘。調子に乗ってんじゃねえぞ？」

この敷地において、誰を入れるか決めるのは私だ。ハゲではない。第一、ハゲがいくら脅そうと、私にはバリアがある。牛の魔物すら弾くのだから、ハゲくらい軽いものだ。

なので、調子に乗っていると言われようがどうしようが、強気でいく。

「聞こえなかったのかな？　入るためには一人１００万イェン、前払いでいただきます」

「ふざけてんじゃねえ‼」

ハゲが木戸をガンと蹴るけれど、木戸はびくともしない。この木戸、高さは柵同様私の腰くらいの高さだ。普通なら、柵を跳び越えてこちらに入ってこられそうなものだが、柵の上には見えないバリアがある。

だから、今まさに柵の上から手を伸ばそうとしている奴は、無事バリアに弾かれて、後ろに飛ばされた。

「いってぇえ！」

大げさに痛がって、地べたを転がっている。雨でぬかるんでいるというのに、よくやるものだ。あっという間に泥だらけになっている。

ちらりと横目で見た銀の牙が、その様子に肩をふるわせていた。思い出したようだね。ここに入るには、私の許可がいる。以前来た、あの山賊も入れなかったのだから。

その姿を見て、ハゲがこちらに凄んできた。

「おい、てめえのところの柵で、うちの仲間が怪我したぞ？　どう落とし前つけてくれるんだ？ああ？」

「どこのヤクザだよ」

「何だと？」

犯罪者というのは、どの世界でも似たような行動をするのだろうか。いや、一応ハゲは犯罪者ではなく冒険者のようだが。

「落とし前なんてつけないよ。あんたらが勝手に動いて勝手に怪我しただけじゃない。何で私に責任があるの？」

怪我をしたのは、許可なく人の敷地の柵に手をかけようとしたからだし、こちらが狙って弾いたわけじゃない。私は、正論しか言っていないはずなのだが、ハゲには通じないようだ。

「ああ⁉　てめえ、つけあがんのも大概に――」

「わかった。支払おう」

「おい！」

ハゲには通じなくとも、後ろのフードの人物……ギルドマスターには通じたらしい。

「だが、今は手持ちがない。すまないが、次に来る時までのツケにできないかな？」

「できません」

信用もない相手に、ツケ払いなんて誰がするか。

ハゲがさらに怒りを露わにしているけれど、ギルドマスターは冷静だ。

「先程彼が言ったように、私はティエンノーで冒険者ギルドのマスターをやっている。それでも、駄目かな？」

「前払いって、言いましたよね？」

どんな仕事についていいようと、私に対する信用度は別だ。まあ、銀の牙の面々に関しては、そこら辺を考える前に入れちゃったけど。

私が断ると、ティエンノーの冒険者ギルドマスターの雰囲気が変わった。

「君は、ここがどこだかわかっているのかい？」

また脅しか。ティエンノーという街は、一体どういう街なんだ？　冒険者をまとめるギルドのマスターが、平気で一般人に脅しをかけるとか。

そういや、銀の牙の面々が嫌ってる街だったか。確か、ギルドマスターが街の長と手を組んで、悪さをしているとか何とか。

なるほど、目の前のこの人が、悪の親玉の一人ということか。

私は少し呆れた様子で返答した。

「ホーイン密林ですよね？　ダンジョンの」

「そうだ。ダンジョンは冒険者ギルドが管理している。そのダンジョンに、君は勝手に棲み着いているんだよ？　それについてはどう思うのかな？」

これは、私を子供と見て甘く見ているのか？　少し考えれば、ダンジョンなんてものを人が管理できないことくらい、わかるのに。

本当に冒険者ギルドがダンジョンを管理できるのなら、今頃もっと人が入ってるだろうし、ギルド経営の宿でも建ってるだろう。

それがない時点で、ギルドはダンジョンを管理できていない。

その証拠に、脇からラルラガンさん達が援護してくれた。

「嘘を吐くな！　ギルドはダンジョンを管理なんてできていないだろうが！」

「ダンジョンから冒険者が持ち帰った素材を買い取る程度だな」

「あんた達の考えなんてお見通しよ。大方、ここを乗っ取って自分達の儲けにしようとしてるんでしょ。残念だったわねえ」

リンジェイラさんの言葉に、マスター達は反論しない。なるほど、そういう考えか。だから、幼女女神はあんなことを言ってきたんだな。

あんな形でも、女神は女神なだけはある。

「あだ！」

がこんと音を立てて、頭の上に落ちてきたのはあの金だらい。本当に！　あの幼女女神は！

そして、地面に落ちた金だらいは、すぐにその姿を消した。回収までワンセットにしたらしい。いらんところで力を使うな、幼女女神。

私にとってはもはや日常茶飯事の現象だったんだけど、他の人達にはそうではなかったらしい。その場はしんと静まりかえった。辺りを支配するのは、雨の音だけ。

ようやく驚きから復帰したらしきギルドマスターが、恐る恐るといった様子で聞いてきた。

「今……先程のは、どこから？　どこへ消えた？」

言えない。内心で女神をちょっと悪く思った結果の神罰だなんて。

黙ったまま視線を明後日の方向へ向けていたら、マスターが何やらブツブツと言い出した。

「まさか、無から有を生み出すなど、神の御業《みわざ》としか思えん……」

まさかのビンゴである。本当に、この世界には神様という存在が浸透しているんだな。

そんな暢気《のんき》なことを考えていた私の耳に、ギルドマスターのとんでもない言葉が突き刺さった。

「そんな……では、ここは女神シュオンネ様のご加護がある場所なのか!?」

違ああああああああああああああう！

幼女女神の名はルヴンシール。そして、幼女女神を今の姿に変えて好き放題したのが、邪神シュオンネ。

ところが、ティエンノーの街ではシュオンネは「女神」として祀られているという。いや、ティエンノー以外でも「女神」と言えば、シュオンネのことだ。私や幼女女神にとっては、邪神なんだけど。元々は幼女女神に使える女神の一柱だったというから、邪神も女神には違いない。

邪神は幼女女神に取って代わることが望みだったそうだから、この結果に満足しているのかもしれない。主神としては力不足もいいところだというが。

ティエンノーにある冒険者ギルドのギルドマスターは、この土地が女神の加護を受けた場所だと認識したはいいけれど、その女神の名前を間違える始末。

でも、金だらいは落ちてこなかった。ずるくないかね？

そのギルドマスターは、何やらわなわなと震えている。

「……そうか、ダンジョンの中は女神の力が行き届いているのか。ならば、やはり我がギルドがここを管理するべきではないか」

何やら不穏なことを口走ってるのだが。そういえば、先程リンジェイラさんがそんなことを言っていたな。ここを乗っ取るとか何とか。

本当にこの敷地を狙ってきたと？　それがわかっていて、中に入れる馬鹿はいない。

だが、ギルドマスターは何やら熱に浮かされたような声でこちらに言ってくる。

「ああ、君、やはりここを早く開けて中に入れておくれ。君一人がここで暮らすのは大変だろう？　大丈夫、ティエンノーまで送っていってあげるよ。それに、街での暮らしも面倒を見よう。こんな場所で、一人寂しく生きることはない。さあ！」

いつまで経っても開かない木戸の向こう、雨にずぶ濡れになりながらそんな世迷い言を言われても。すんとした顔になるのは、致し方ないことだと思う。

私の反応に気付いているのかいないのか、ギルドマスターはなおも続ける。

「ここはちゃんと私達が管理してあげよう。大丈夫、冒険者から使用料を取ったら、君にも取り分を渡そう。どうだい？　いい話だろう？」

胡散臭い。どう考えても嘘だろう。冒険者から巻き上げた金は、自分達の懐に入れるつもりだ。

そうでなくとも、この敷地は私以外の人間にどうこうできる場所じゃない。それを、ギルドマスター達は理解していないようだ。

目の前で、開けられない木戸と越えられない柵を見ているのにな。頭が現実を拒否しているのかも。

げんなりしつつ木戸の向こうを眺めていたら、ラルラガンさんが声をかけてきた。

「アカリ、ないとは思うが、あの申し出、受けるか？」

「まさか。考えるまでもありません。拒否します」

こちらのやり取りを聞いたギルドマスター一行は、いよいよ本性を現してきた。

「いけない子だなあ。大人の言うことには素直に従っておくべきだよ？」

「従うべき相手は自分で決めます。ここに関して、あなた方は一切の権利がありません。お引き取りを」

ギルドマスターは懐柔《かいじゅう》できないと判断したのか、ハゲが一歩前に出てきた。

「おいおい嬢ちゃんよお。いつまでも俺等が下手に出ると思うんじゃねえぞ？」

また脅しか。バリアがある以上、私自身は大丈夫なんだけど……ちらりと、銀の牙を見る。

リンジェイラさんが、私の視線に気付いた。

「大丈夫よ。あのハゲくらい、いつでも丸焼きにするから」

「んだとごらああ！」

「大きな声を出しても無駄よ。それに怯えるのは街中の子達だけだから」

にやりと笑うリンジェイラさんは、なかなか格好いい。

「へ！　そういやおめえ等は孤児だったたな。街の外で育った野生児！　そりゃ声くらいじゃビビりもしねえか！」

ハゲめ。攻撃方法を変えてきたな。でも、銀の牙の皆には、少しも刺さっていない。

「そうねえ。魔物をずーっと狩ってるから、弱い者苛《いじ》めしかできないどっかのハゲのダミ声程度じゃあ、びくともしないわあ」

「てめえ……本当に調子に乗ってんじゃねえぞ？」

「調子に乗ってんのはどっち？　ああ、マスターの後ろ盾がなけりゃ何もできないどっかのハゲかしら」

敷地の外の雨は、雨足を更に強めている。これ、豪雨と呼んだ方がいいのでは？　密林だと水害の危険はないんだろうか。

そんな余計な心配をしていたら、ギルドマスターがふと溜息を吐く。

「雨が強くなってきましたね。いいでしょう。ここは一旦《いったん》引くとします。ですが、諦めたわけではないことを、忘れないように」

踵《きびす》を返すギルドマスターに、ハゲが舌打ちをしてあとに付いていく。転がって泥だらけになっていた奴と他2人も、ひょこひょことあとに続いていた。

幼女女神の預言は、最初に来た客には金を請求しろ、払うなら敷地に入れてよし。そして、この預言には続きがあった。

支払わなかった場合、素直に帰るならよし、ごねるなら……

「幼女女神が神罰を下す」

「何か言ったか？　アカリ」

口を突いて出た言葉に、ラルラガンさんが反応する。私は、根性で愛想笑いを浮かべた。

「いいえ、何も」

◇◆◇◆◇

見つけた、見つけた、見つけた、見つけた！

銀の牙の躍進の理由。それは、あの家だ。ホーイン密林のど真ん中に、あんな家を建てるだなんて、あの子供は一体どんな存在なのか。

いや、いい。それは問題ではない。たとえ女神シュオンネ様の加護がある場所だとしても。

いや、加護があるならなおのこと、私が管理すべき場所だ。

あんな子供に任せておくべき場所ではない。

「マスター、いいのかよ、あのまま放っておいて」

背後から、同行させたマーネロが声をかけてくる。今回、わかりやすい暴力装置として連れていったのだが、存外役に立たない奴だった。

「放っておくつもりはない。ティエンノーに戻って、支度を調えてからもう一度来るさ」

場所は覚えた。今度は手勢を揃えて行けばいい。さすがに柵の周囲を武装した連中に囲まれたら、震え上がって泣き叫ぶだろう。

生意気な小娘。目に物を見せてやる。

ティエンノーの冒険者ギルドに入ったのは、私がまだ15歳の時だった。あの街はあの頃から既に腐っていた。でも、腐っている方が、私のような人間には過ごしやすかったよ。

腐っている街で上にのし上がるためには、何でもやる以外にない。私も、何でもやったものだ。人を騙《だま》し、金を巻き上げ、その金でのし上がる。

男を手玉に取り、使えなくなったら殺す。死体なんて、ちょっと金を出せば、冒険者が簡単に始末してくれる。

それをネタに強請《ゆす》ってこようとした連中は、全員死ぬように仕組んだ。ぱっと見には旨味のある仕事に見えて、その実、危険な場所へ行く商隊の護衛を引き受けさせれば簡単だった。

危険度の操作など、ギルドの内側にいれば造作もない。若くて金のない冒険者など、掃いて捨てるほどいる。いくらでも、使い潰せるいい道具だ。

いつ頃からか、街長と手を組むようになった。街にとっていらない存在を冒険者に仕立てあげて危険地域に送り出す。

表向きは合法だけれど、その実危険度を無視した殺人に近い。でも、貧困層の若い連中など、後から後から増えて困るほどだから、少しくらい間引いた方がいいだろう。

私は、冒険者ギルドのマスターという地位では、稼ぐのにも限界がある。しょせん庶民、王侯貴族のようにはいかなかった。

だが、彼等のように金が欲しい、湯水のように金を使いたい。贅沢な生活がしたいのだ。もっと、もっと、もっと！　欲は尽きない。

そんな時だ。冒険者パーティー「銀の牙」が、おかしな動きを見せ始めたのは。

奴らはティエンノーでも一、二を争う腕前だった。だが、奴らは孤児院出身。目をかけるほどではない。そう思っていた。

ところが、ホーイン密林にしか出ない魔物の素材を、多く持ってくるようになった。ホーイン密林は素材の宝庫だが、出現する魔物の強さは他のダンジョンとは比べものにならない。ティエンノーの冒険者ギルドとしても、あのダンジョンに多くの冒険者を送り込みたいのはやまやまだが、どのパーティーも腕がよくなく、なかなか思うようにはいかなかった。

そんな中、孤児院出身の底辺パーティーである奴らが、少し前からあのダンジョン産の素材を山のように持ってくるようになったのだ。

おかしい。いくら腕がいいとはいえ、あの密林に入りっぱなしで怪我一つないなどあり得なかった。無事に出てくるだけでも大変な場所だぞ？　そこに丸1日入ってるだと？

何かある。私の勘がそう告げていた。

だが、あいつらは私を警戒して、何も話そうとしない。しかも、拠点を変更すると言い出した。駄目だ、ここで逃したらいけない。

あいつらが隠すというのなら、こちらで暴くまで。私は子飼いの冒険者に、彼等の跡を付けさせた。だが、帰ってきた連中はよほど恐ろしい目にあったのか、まともに喋ることさえできない。

何とか魔法で治療を続け、やっと情報を引き出した頃には、銀の牙は拠点を変えてしまった。しかも移った先は、ホーイン密林の向こう側の国、レネイア王国だ。

ティエンノーがあるトールワーン王国とレネイア王国は、戦争こそしていないけれど、ろくな国交がない。当然、ギルド同士の付き合いもなかった。

情報くらいは流れてくるけれど、それだけだ。向こうに流れた素材も、国外に出ることは滅多にない。

あいつらは、うまく使えば金のなる木になるはずだったのに。それを、みすみすレネイア王国に奪われるとは。何たる失態か。

だが、まだだ。まだ終わりではない。連中がホーイン密林に隠しているもの。それを見つけられれば、銀の牙などという底辺パーティーは用なしになる。

彼等の跡を付けていた冒険者から引き出した情報を元に、ホーイン密林の中にある「家」を目指す。密林に、家？　と最初は疑ったけれど、何度聞き出しても同じことを言うのだ。

これは、実際に自分で行って、この目で見てこなくてはならない。まずは、密林を行くための護衛が必要か。

そうして選んだのがマーネロとゾトー、マドット、ブルロスの4人だ。

マーネロは大柄な禿頭の男で、今までにも何度か汚れ仕事を依頼している。狡猾《こうかつ》で、抜け目がない。

奴は腕がいいし、何より仕事をネタに強請ってこない。弁《わきま》えている奴は好きだ。ゾトーとマドット、ブルロスは3人で組んでちんけな盗みをしていた奴らだ。

その分、斥候《せっこう》としての腕がいい。実際、冒険者をやっていた頃は斥候をしていたという。それなりに腕がよかったが、奴らは酒に目がなく、飲むと暴れる悪い癖があるのだ。

それで何度もパーティーをクビになり、結局私に使われる身となった。酒で身を持ち崩すとは、哀れな奴らだ。

聞き出した情報を元に、ゾトー達を斥候にしてホーイン密林を進む。

そこは、想像以上に危険な場所だった。

「マスター、あんたも油断しねえようにしとけよ。でねえと、あっという間に命が消えるぜ」

マーネロに言われた時は脅しかと思ったけれど、そうではない。本当に、危険な場所なのだ。

それでも、この先に素晴らしいお宝がある。それを手に入れ、私は今以上の暮らしをするのだ。誰も見たことのない、あの高みへ。

ダンジョン内に、いきなり現れた「家」。確かに、あれは家としか表現しようがない。しかも、広い敷地を柵で囲んでいる。木製の柵だぞ⁉　こんなもので、魔物を退けられるのか？

私の疑問は、ゾトーが解消した。柵の向こうへ手を出そうとして、見えない壁に弾かれたのだ。なるほど、魔法で何かしらの障壁を作っているらしい。

それはわかる。だが、こんなダンジョンのど真ん中に、こんな場所をいつ、どうやって作り出したというのか。ホーイン密林だぞ⁉

いや、今はそんなことはどうでもいい。こんな素晴らしい場所があるのなら、私が有効活用してやる。冒険者達も、ここで一休みできるとなれば、実入りがよくなるはずだ。

ならば、高い金を払ってここで休んでいくだろう。それに、ここにギルドの出張所を作れば、ここに居続ける冒険者も出てくるはずだ。

買い取った魔物素材の運搬の面倒があるが、それも冒険者達に依頼で出せばいい。これで、ティエンノーのギルドは一躍有名になれる！　今以上に金儲けができるというものだ！

なのに、持ち主だという小娘は、私の提案を全て蹴った。小娘め、何様だ！　私を誰だと思っている！　体《てい》よく追い払いやがって！

仕方ないので、ここは引くことにした。一度ティエンノーに戻り、支度をして出直す。先を考えれば、密林の歩きづらい獣道も楽に歩けるというものだ。

絶対に、あの家を手に入れる。あの場所は、私にこそふさわしい。あんな小娘には、もったいないというもの――

「え？」

今、何か体の中を通り抜けたような。慌てて周囲を見回しても、何もない。マーネロ達も異常を感じたのか、周囲を警戒している。

そんな私達をあざ笑うように、甲高い声が周囲に響いた。

「まったく、度しがたい奴らじゃの。こんなにどす黒い欲望だらけの人間は、初めて見るわい」

幼い、子供の声。この、ホーイン密林で？　嫌な汗が、背中を伝う。

「おい！　何だ⁉　足が動かね――」

マーネロの声が、途中で途切れる。彼がいた場所には、誰もいない。

いない？　一体、どこに行った？

「安心せい。おまえもすぐ、同じ場所に落としてくれる」

目の前に、幼い子供。なぜ、逆さまで私の目の前に。

「おかしなことを言うのう。逆さまなのはお前じゃ」

え？

「さて、このまま命を取るのはあまりに容易。ならば、少し捻るとするか」

私の意識は、そこで途切れた。


私は、一体何をしていたのだろう。葉の陰に隠れて、空を見上げる。遠い。私は、いつの間にか一匹の虫になっていたらしい。

どうしてこんなことになったのか。おかしいとも、酷いとも思うけれど、それももう薄い。

どんどんと、人であった時のことを忘れていくのだ。

考えも、感情も。きっともうじき、本当にただの虫に成り果てるのだ。

ああ、本当に、どうしてこんなことになったのか。

5章　新たな住人

雨足が強くなる中、ティエンノーのギルドマスターは去っていった。その背中を何となく見ていたら、いきなり銀の牙全員に頭を下げられた。

「前回といい今回といい、本当にすまん！」

「悪かった」

「反省してるわ」

「申し訳ありません」

いきなり4人に謝られては、こちらが驚くのだが。

「あの、謝られるようなことは、何もありません。それより、助けてくれてありがとうございます。側にいてもらえるの、凄く心強かったです」

これは本当だ。一人ではないというのが、こんなにも頼もしく感じるとは。

私の感謝の言葉に、銀の牙の4人は恐縮しきりだ。

「いや、そんな風に言ってもらえるような立場じゃないんだ……」

「彼等がここに来たのは、俺達のせいだからな」

そういえば、そんなことを言っていたような。

「どのみち、他の冒険者も受け入れる予定でいたんですから、皆さんのせいではないですよ」

「そう言ってもらえると、気が軽くなる」

そう言いつつも、ラルラガンさん達の顔色は浮かない。

「それにしても、ギルドマスター自らが来るとは思わなかったわー」

「早急に対策を立てた方がいいですね」

あの人達に関しては、多分大丈夫だと思う。幼女女神が神罰を下すと言っていたし。幼女の姿とはいえ、神様は神様。

しかも、一神教の神ではなく、感覚から日本の神に近いものを感じた。

神は、祟《たた》る。怒らせると怖い。現に、不敬と言って人の頭に金だらいをポンポン落とすし。

雨が上がったら、まだ早い時間なので、銀の牙は狩りに出るという。

「魔法の鞄の容量を大きくしたから、今までよりも多くの素材を入れられるんだ」

嬉しそうなラルラガンさん。しっかり稼いで、私にぼったくられてください。私は今日はもう疲れたので、何もしないで寝ていようと思う。

温泉は欲しいけれど、先が遠すぎて目途《めど》すらつかない。頑張りすぎると、あとで2倍3倍休まないとならなくなるから、適宜、手を抜いておくのが大事なのだ。

4人を見送って、しばらくベッドで寝る。精神的に疲れていたのか、すぐに意識が飛んだ。

銀の牙がうちに初めて来た日から、おおよそ1カ月。前半は街と行ったり来たり状態だったけれど、ここ10日ほどはずっと敷地に滞在していた。

そんな彼等が、また街……ゼブタクスに行くという。

「生存報告に行ってくる……面倒臭え」

ラルラガンさんから、本音が駄々漏れている。行かなければ死亡扱いになり、今までの実績がパーになるんだから、行かないという手はないだろう。

「別に死亡扱いを受けても、俺等はギルドの預託金制度を使ってないから金がなくなるわけじゃない。でも、実績が消えるのは痛いからなあ」

「とはいえ、最近はギルドから依頼を受けることもなくなってるぞ」

「実績がないと、高額な装備が買えないんだから、駄目でしょ？」

「あの制度、必要なんでしょうけれど、面倒ですよね」

全員、行きたくないのが滲《にじ》み出ている。でも、必要な手続きなら、行かないと。

朝、彼等を見送ってから、またしても敷地裏手を奥へ進む。銀の牙には、魔物を単独で狩っていることは、伝えていない。何となく、言いそびれた。

狩ると言っても、採取をしている最中に相手が勝手に自滅しているだけなのだが。

「ん、この草、単価が高い。1本2000円か。雑草にしか見えないのに、薬草なんだ」

葉は咳止めに、実のような花は痛み止めに、茎《くき》の部分は血止めになるという。乾燥させて全て粉にすると、ちょっとした万能薬のようなものになるそう。

毒消しの効能はないので「ようなもの」止まりだけれど、それでも凄い。

「葉っぱ部分を発酵させると、お茶になって咳止めの効能付きになるのか」

こういったことを教えてくれたのは、『異世界の歩き方』だ。いつの間にかアップデートされていたようで、機能が増えている。スマホで植物を写すと、関連情報を教えてくれるのだ。

どうやら、これからは定期的にアップデートしていくらしい。使い勝手のいい機能が増えるのは大歓迎である。

咳止めのお茶になるという植物を採取している最中にも、大きな鳥が3羽ほど自滅していた。

バリアが進化したらしく、突撃してきたエネルギーを10倍にして相手に返すそうだ。

つまり、単に激突するだけでなく、壁が10倍の速度でぶつかってくるようなもの。大抵の魔物は、ぶつかった箇所が潰れている。ほとんどが頭部だな。おかげで一撃で自滅していた。

偶《たま》に鳥や小型の飛龍などは足から突っ込んでくるけれど、その場合は足が潰れて痛みで自滅する。もしくは失血死。

足から来るのは勘弁願いたい。足は美味しい場合が多いのだ。お値段的に、というだけでなく、味的に。

お買い物アプリがアップデートされたおかげで、可食の魔物肉が入荷するようになった。最初はおっかなびっくり食べていた魔物肉だけれど、今では好んで食べている。安いし。

それに、魔物肉は通常の家畜の肉とは違い、色々と効能があることがわかった。先程突っ込んできて失血死した飛龍は、もも肉が美味しい。しかも、食べ続けることで敏捷が微増する。これは一時的なものではなく、恒久的なもの。つまり、ステータスアップアイテムと同じ効果があるのだ。もっとも、上がり幅は本当に微少だけれど。

鶏肉に似ているので、照り焼きにして食べたら最高だった。焼いた長ネギとの相性もよく、飛龍が来たら挑発してでも狩ることにしている。

だから、足は潰れてほしくないのだが。

「足から突っ込んでくるんだよなあ。あ」

実はバリアもアップデートしていた。この新機能を使って、どうにかできないものか。

通常、魔法は使う本人のステータスによる強化以外、変化は起こらない。そのステータスの数値変化も、一般の人は持って生まれた数値が変わることはないそうだ。

私の場合、ステータスアップアイテムを使えば、苦労せずに上げることができる。稼ぐのには苦労するけれど。

それはともかく。バリアの密度に変化を付けられるようになった。密度が上がる、それすなわち密閉度が上がる。なので。

「最高の密閉度で飛龍を包んでしまえば？」

飛龍は翼で揚力を得るのではなく、翼から魔力を出して揚力を得ている。密閉度の高いバリアで包むと、その魔力がバリアに阻害され、揚力を得られず落ちるのでは？

実験したら、本当に落ちた。しかも、バリアの中でもがき苦しんでいる。ステータスを確認すると、生命力が徐々に削られていっているようだ。

これは、バリアが密閉空間を作っているせいで、酸素が減り続けているから。つまり、窒息中。

「苦しそうだなあ。あともうちょいか」

飛龍は体が大きい分、必要な酸素も多いらしい。あっという間に窒息した。なるほど、こう落とせば足が残るのか。今回の実験結果は、大変満足のいくものだ。

「後はお買い物アプリに売却すればいい」

売却した肉……魔物が多ければ多いほど、加工された魔物肉の値段が下がるのだ。次の飛龍のもも肉は、安売りされることだろう。

もちろん、飛龍は他の部位も高く売れる。今までは足が潰れていたので売れなかったかぎ爪も、1頭分で500万だ。これは触媒《しょくばい》に使ったり、武器防具に使ったりするので、需要があるそう。だから高いんだな。

肉や鱗《うろこ》など諸々含め、解体費用を1割さっ引かれても、飛龍1頭で1700万円弱になる。色々な意味で美味しい獲物だ。おかげで繰り上げ返済が捗《はかど》る捗る。

とはいえ、温泉を手に入れるためには、ここで満足していてはいけない。繰り上げ返済で早く借金を減らし、金を貯めなくては。

銀の牙がいない間は、毎日敷地の奥へ向かい、狩りをしている。彼等がゼプタクスに向かってもう5日。今回は長いな。

バリアを使った狩りは、慣れてくればその場に立っているだけなので、大変楽な仕事だ。魔物を前にしても、怖がることもなくなったし。

さすがに飛龍のような大物は連日見かけることはないけれど、その代わり敷地周辺よりも高値が付く植物や木の実、木材などが手に入る。

のこぎりもないのに、どうやって木材を手に入れたのかと言えば、魔物を倒したからとしか言いようがない。植物の魔物も、いるのだ。

特に木に擬態するタイプの魔物は、倒すと木になる……戻る？　ので、それをお買い物アプリの買い取りに出す。木のままに見えても、魔物の死骸でもあるので買い取り可能になるようだ。

植物タイプの魔物を一定数買い取りに出していたら、お買い物アプリに木材が並ぶようになった。とはいえ、ＤＩＹをやる訳《わけ》ではないから買わないけれど。

いつか、こういう木材を使って何かを作れるようなスキルか魔法が手に入るといいのだが。

昼休憩に戻り、さて昼食の用意をと思っていたら、木戸から呼ぶ声があったので、出たら銀の牙が帰ってきた。見知らぬ客を連れて。

「ええと、お帰りなさい？」

「た、ただいま」

木戸のところで、ラルラガンさんと微妙なご挨拶《あいさつ》。彼等の後ろには、中年の男性と若い女性が立っている。二人の身なりはきちんとしているし、特にフードで顔を隠すということもない。

それだけで、前回来たティエンノーの連中とは比べものにならないくらい好印象だ。

「とりあえず、この二人も入れてもらっていいか？」

確かに、敷地の外で立ち話もなんだしな。

客は敷地の中に設営しっぱなしだった銀の牙のテントに招き入れられた。当然、私も。話はここでしようということらしい。

「まずは紹介させてくれ。こちらはゼプタクスの冒険者ギルド、副ギルドマスターのウェヴェッツ、隣は冒険者ギルドの職員でリレア」

なんと、二人とも冒険者ギルドの関係者だという。冒険者ギルドと聞くと、どうしてもあのハゲとマスターを思い出すのだが。

私の内心に気付いたのか、ラルラガンさんが慌てた。

「待ってくれ！　彼等はティエンノーのマスター達のような横暴な連中じゃないから！」

本当だろうか。こんな時、相手のステータスに悪人かどうかわかるマークでも付いているといいのに。

無理なのはわかっている。何を持って悪人と断じるのか。犯罪を犯せば悪人なのか、犯罪すれすれのことをするのは悪人ではないのか。

せめて、こちらに悪意があるかどうかくらい、わかれば楽なんだが。

こんな時にも、尻ポケットのスマホがピロリン。いや、今は確認している余裕がない。あとで見よう。

「アカリ……だったか？　ラルが言っていたように、我々はゼプタクスの冒険者ギルドに所属している。ティエンノーのマスターが、随分と失礼なことをしたようだな。無関係とはいえ、君にとっては意味がないだろう。だが、ラルも言っていたように、我々は君から家を取り上げようとは思っていない。むしろ、我々をここに住まわせてほしいんだ」

「は？」

どういうこと？　理解が及ばず首を捻ると、副ギルドマスターの隣に座る女性がにこりと微笑んだ。

「ここからは、私、リレアが説明しますね。実は、この敷地にギルドの支店を置かせてほしいんです。もちろん、こちらで支店の建屋……というか、テントは用意しますし、土地の使用料も支払います。何より、我々がここに支店を置くことで、アカリさんにも利益があると思うんですよ」

「私の、利益？」

何のことだろう。こちらが聞く気を示したと判断したリレアさんは、説明を始めた。

「ギルドの支店があれば、冒険者が来ます。冒険者から、滞在費を取っているんですよね？　人数が増えれば、取れる滞在費が増えると思いませんか？」

確かに。元々、冒険者の数は増やしたいと思っていたところだ。不労所得、最高。

「それと、支店があることで、冒険者がこの敷地に居続けることができます。銀の牙に聞いたと思いますが、冒険者は定期的に生きているとギルドに報せる義務があるんです。それを怠ると、登録が抹消されます。登録だけなら、すぐに復帰できるけれど、一度登録が抹消されると実績も一緒に消えますから」

これは、ラルラガンさん達が言っていたやつだな。実績がないと、割のいい仕事を紹介してもらえないという。

「どうでしょう？　ここに、我がギルドの支店を置かせてもらえませんか？」

選択を迫られている今も、スマホがピロリンピロリン鳴っている。この状況でなぜ誰も気にしないのか不思議だが、考えてみたらこのスマホも女神仕様だ。きっと持ち主以外には音も画面も認識できないに違いない。とりあえず、そう思っておく。

ともかく、ここで決断するのは勘弁願いたい。

「一度、考えてから答えを出してもいいですか？」

「もちろんです」

「よく考えてくれ」

二人とも、快く言ってくれた。これだけでも、得点高いな。

銀の牙のテントを出て、ログハウスに戻る。戻る最中もピロリンピロリン凄かったな。

自室に戻って画面を見たら、見事に幼女女神からのメールだらけ。

『そんな都合のよい魔法があるか、たわけ』

『大体、そなたはわらわに頼みすぎじゃ。自力で気張らんか、自力で』

『む。そなた、わらわからのめえるを無視するとは、いい度胸じゃの？　この場で神罰を落としても、いいのじゃぞ？』

『先程のは取り消す。そなたも忘れよ』

『引き受けよ！　これは大きく稼げるいい機会ぞ！　それに、預言を授けたであろう！　忘れたわけではあるまいな？』

『ええい、何をごちゃごちゃと。いいから、受けよ！　さすれば新商品の大盤振る舞いをしてやるぞ！』

何だか、最後の方は必死になってるな。そんなにギルド支店を受け入れたいんだ。

画面を見て呆れていたら、新たなメールが届いた。

『当たり前であろうが！　人が増えれば商売の機会も増えるというものじゃ！　そなた、わらわの力を回復させる役目があること、忘れたわけではあるまいな？』

いやいや、忘れてはいませんて。でも、そうか。そのためにも、人を多く敷地に入れないと……入れるのか？　今の状態で。

今の広さだと、テントが20も建てば満杯になるのではないか？　正確な敷地の広さは知らないけれど、これから増えるとなると、手狭になるような……

スマホが、再びピロリンと鳴った。

『なればこその新商品よ！　早うあぷりを見てみるのじゃ！』

敷地の狭さ解消の商品って、何だよ。新しい敷地でも売ってるってか。

自室だったので、机に置いてあるタブレットでお買い物アプリを立ち上げる。ＮＥＷマークをタップすると、確かに新商品が入荷していた。

のはいいんだけど。

「は？　拡張敷地？　何だこれ」

そこにあったのは、拡張敷地というもの。４平米１区画で１０００円。値段を二度見したが、間違いない。

え……あの悪辣な値段付けのお買い物アプリで、敷地が１０００円？　嘘だろう？

「あだ！　またか！」

金だらいが降ってきて、すぐに消えた。今の考えのどこに不敬があるというのか。これ、絶対幼女女神のお気持ちで落としてるだろ。

今はそちらにかまけている場合ではない。拡張敷地のことをもう少し知りたいので、説明文を読んでみる。

「拡張敷地は拡張空間内に用意された敷地です。1区画から購入でき、敷地内に設置する専用の出入り口からのみ出入り可能な敷地となります。内部の天候、気温、湿度などは、オーナーにより設定が可能です。また遠景などの設定もできます。詳しくは、敷地アプリの設定画面をご覧ください？」

敷地アプリ？　そんなものがあるのか？　スマホの画面を確認してみたら、2枚目に確かに敷地アプリというものがある。タブレットにも、当然インストール済みだった。同期してるからな。

とりあえず、タブレットでお買い物アプリを中断して、敷地アプリを立ち上げる。トップ画面は、何だかゲームのようだ。

円形の敷地の中に、ログハウス。これ、ここをデフォルメして表示しているらしい。

現在、この敷地でできる設定には、入れる人物の選択、弾く際の条件、天候の反映範囲などだ。あ、このアプリで登録しておくと、次からは出入り自由になるらしい。

いっそ、銀の牙は出入り自由に登録しておくか？

天候の反映範囲とは、雨や雪、嵐などを通すかどうかだ。雨はともかく、雪や嵐もあるのか？　ここ。

柵や木戸の形状設定などもある。柵、大きくできるのか。木戸も、もっと厳《いか》めしい感じに変更可能だった。

何より、この設定には金がかからないのがいい。

色々いじれるのはわかったけれど、今のところ現状維持だな。滞在費を強制徴収できる手段があればいいんだが。

とにかく、これで新たな冒険者を受け入れる下地はできた。幼女女神からの要望もあるし、ギルド支店を受け入れるとしよう。


その日の夕飯は、ギルド関連の二人も食べるという。一人10万イェンだと言ったら、さすがに驚いていた。

「だが、こんなダンジョンの中で安心して飯が食えるんだ。そのくらいはするか……」

「そうですね」

納得してくれたようで何より。夕飯は、銀の牙のリクエストによりカレーライスになった。

当然、銀の牙は最初から二人前である。

「なあ、何かお前らの分、俺等のより多くないか？」

さすがに、盛りが違うのがわかったのか、副ギルドマスターがラルラガンさんに聞いている。

「ああ、二人前だからな！」

「に！　お前ら、飯に20万もかけるのかよ……さすがに稼いでる冒険者は違うねえ」

副ギルドマスターが、なぜかげんなりしていた。そんな彼に、カレーライスを頬張りながらリレアさんが質問している。

「ところで副ギルドマスター、ここでの食事代って、経費で落ちますか？」

「落ちなきゃここで暢気に飯食ってねえよ。……って、美味いなこれ！」

異世界も、案外世知辛《せちがら》いんだな。カレーライス、ギルドの二人の口に合ってよかった。

驚く副ギルドマスターに対し、なぜかラルラガンさんが自慢げに言う。

「そりゃそうだろう。何せ、貴重な香辛料がたっぷり入ったスープだからな！」

「は？」

「こ、香辛料……ですか？」

副ギルドマスターとリレアさんが、同時に固まってしまった。いや、香辛料って言っても、こちらのような値段ではないのだが。

何せこのカレー、レトルトだから。1つ250円なので、レトルトにしてはお高めだけれど。

「あの、冷めると美味しくないので、温かいうちにどうぞ」

声をかけたら、固まっていた二人は我に返ったようだ。

「は！　そうだった」

「これ、一杯10万イェンですからね。美味しくいただきましょう」

その通り。香辛料をどれだけ使っていたとしても、10万なのは変わりないんだから。

食事が終わったところで、お話し合い再開だ。といっても、こちらの答えを告げるだけなんだけれど。

「ギルド支部の件、受けます」

「そうか！　ありがとう。ならこれからは条件の相談だな」

支部のテントを建てる場所、土地の賃料、その他諸々。

「賃料は、支店利益の４割を請求します」

「よ！　そこは2割で！」

「４割です」

「に、２割５分！」

「４割」

笑顔で強気の値段交渉をした結果、無事利益の４割を支払ってもらえることになった。副ギルドマスターが、何やら遠い目をしている。

彼を放っておいて、リレアさんがにこりと微笑んだ。

「アカリさん、利益の４割ということは、売り上げがない時は支払わなくてもいいということで、よろしいですか？」

「いいですよ」

本当は最低金額を設定したいところだけれど、それをやると確実に4割を承諾させられない。何となく、そう思う。

「では、そのように。副ギルドマスター、他にもお願いがあるんですよね？」

「は！　そうだった。ギルドのテントの隣に、食堂を開店させてほしい。食材は、こちらで用意する」

「食堂……ですか？」

私の確認に、副ギルドマスターとリレアさんが同時に頷く。

「最初はうちの支部のテント内に作るって話だったんだがな。食堂を任せる奴から、切り離してほしいと要望があったんだよ」

ギルドと言えば、併設の酒場。そんなイメージがこびりついてるけれど。食堂か。こちらの世界の食事を知る、いい機会かもしれない。

知ってどうするんだと言われたら、ただ知りたいだけだとしか言えないけれど。

「アカリ、ギルドの食堂ができても、俺等のメシはアカリに頼みたい」

ラルラガンさんの言葉に、銀の牙の面々は無言で頷く。それはこちらとしても、ぼったくりの機会が減らないので助かるけれど。でも、いいのか？　食堂のほうが安くつくんじゃなかろうか。

銀の牙の態度を見て、副ギルドマスターが何やらしんみりとしている。

「確かに、これだけ美味いメシを出されたら、食堂のメシは食えないよなあ」

そんな遠くを見ながら言われても。

とにかく、敷地に冒険者ギルドの支部ができることになった。詳しいことは、支部の責任者になるリレアさんと話し合って決めることになる。

支店のテントを建てる場所、これから用意する拡張敷地内の方がいいんだろうか。それも、相談の内容に加えておこう。

翌日、朝食のあとに二人はゼプタクスに帰っていった。支店開店の準備があるのだとか。銀の牙は、残っている。彼等は、今回戻ってくるついでに彼等の護衛をしてきたらしい。

「じゃあ、あの二人だけで帰って、大丈夫なんですか？」

「大丈夫だろ。帰りは魔物避けの香を使うって言っていたから」

ラルラガンさんによると、魔物が嫌う香があるそう。高いから、普通の人は使わないらしい。食事代を経費で落とせるかどうか聞くような人達なのに、そんな高いものを使うのか。それこそ、経費で落ちるからか？

ギルド支店が開店するまで……つまり、リレアさんが戻ってくるまで、10日くらいあるという。その間は、いつものように過ごすつもりだったのだが。

「ねえねえアカリ、たまには一緒に狩りにいかない？」

リンジェイラさんに、狩りに誘われてしまった。

「おい、リン」

「何よ？　前の時だって、アカリが一緒に来てくれたから、素材をその場でお金に換えられたんじゃない。魔法の鞄だって、容量を増やしたとはいえ限界があるのよ？」

どうやら、リンジェイラさんは私を魔法の鞄の代わりにしようとしているらしい。こちらにもそれなりに旨味のある話なので、別にいいのだが。

「アカリを利用しようとするな」

「本人がいいって言えば、いいじゃない。ねえ？　アカリ」

これ、私にもメリットがあるかもしれない。今は敷地の裏手を当てもなく突き進んでいる状態だけど、銀の牙と一緒に行動すれば、効率的な狩りの仕方を学べるのではないか。

「わかりました。行きましょう」

「そうこなくっちゃ！」

「アカリ、本当にいいのか？」

ラルラガンさんは、心配そうだ。そんなに、私は弱そうに見えるのだろうか。……見えるんだろうな。

「問題ないですよ。実は、皆さんには黙っていましたが、私一人で魔物を狩ったこともあるんです」

「え!?」

銀の牙の全員が驚いている。これは想定内だ。狩ったと言っても、魔物が自滅するのを待つだけだったしな。飛龍に関しては、バリアを使った窒息死という手を使ったけれど。

それをここで言っていいものか。

「ともかく、大丈夫ですから。皆さんの狩りを、後学のために見学させてほしいです」

今度は、誰も反対の声を上げなかった。

敷地を出て、しばらく獣道を進むと、少し開けた場所に出る。獣道は一本道かと思ったが、意外と枝分かれしているらしい。今度、知らない道を辿ってみよう。

ラルラガンさんが、こちらを振り向いた。

「ここが、最近の狩り場だ」

なるほど。この開けた場なら、見通しもいいので狩りやすそうだ。でも、魔物は見当たらないのだが。辺りを見回していたら、開けた場所の奥から何か音がする。

「来たぞ！」

「おう！」

あっという間に、銀の牙は戦闘態勢に入った。イーゴルさんが大きな盾を構えて前に出て、ラルラガンさんがそのすぐ後ろに付く。

リンジェイラさんが二人と私の間に入り、セシンエキアさんが私の真後ろに立った。その様子に見とれていたら、音のした茂みの奥から何かが出てくる。

大きな鹿……あれ、鹿か？　目が4つあるんですけど。魔物だから、いいのか？

「スアヌインか。初手からそこそこ当たりだな」

「ラル、気を抜くな！」

「わかっている！」

こちらに気付いた4つ目の鹿……スアヌインが地を蹴って飛び込んできた。近くで見ると、この鹿、かなりデカい。

スアヌインは、前足をイーゴルさんの盾にがつんと当てる。その隙を突いて、ラルラガンさんがスアヌインの背後で剣を振りかぶった。いつの間に、背後に回ったんだろう。

「せい！」

かけ声と共に、水平に振られるラルラガンさんの両手剣。それと同時に、４つ目の鹿の後ろ足が両方ともぶった切られた。

噴き出す血。聞くに堪《た》えない鳴き声を上げる鹿。イーゴルさんは、手斧で倒れた4つ目の鹿の前足をたたき切っていく。血が吹き出た。

「今回は、私達の出番はないわね。……アカリ、大丈夫？」

大丈夫です。飛龍やら何やらで、慣れました。

仕留めたスアヌインは、全てチャージしていいと言われた。

「現金分の金は、これから稼ぐし！」

「この調子なら、さらに大物が仕留められそうだ」

「ささ、アカリ。ちゃちゃっとやっちゃって」

「女神様のお力……じゅるり」

最後、何か不穏な音が混ざってなかったか？　まあいい。目の前に横たわる鹿に、スマホをかざす。お買い物アプリがアップデートされたからか、スマホを魔物や素材にかざすだけで、買い取りの画面が出るようになった。

買い取りのボタンをタップすると、鹿が消える。足を切断したせいか、買い取り金額が少し下がっていた。

「……足を切ったせいで、毛皮の値段が落ちてますね。全部で159万6600イェンです」

「それ、毛皮の値段が落ちなかったら、いくらなんだ？」

「ええと……171万2600イェンです。毛皮分で、11万6000イェン分安くなっています」


結構さっ引かれているな。でも、一頭丸々の毛皮の方が、価値が高いのは何となくわかる。

銀の牙の4人は、何やらお互いに顔を見合わせていた。

「何か、ありましたか？」

「いや……ティエンノーのギルドは、やっぱり色々と酷かったんだなと改めて思って」

ああ、あのハゲと一緒に来たギルドマスター。もしかして、中抜きとかしてたのかな？

「ギルドでこいつを買い取りに出すと、今の金額の半分くらいだ」

「ぼったくりすぎいいいいい！」

1割2割引きなら、売却の手数料とか税金分かなって思うけど、半分も取っていくとか、あり得なくないか？　私よりもぼったくりの才能があるぞ。

「今のレネイア王国の街、ゼプタクスのギルドは、さすがにそんなことはないんだが」

「それでも、スアヌインを一頭丸々買い取りに出したって、今のような値段は付かないのよ」

「ゼプタクスでは、買い取り時に税金がかかりますから」

聞いたら、やっぱり買い取り価格全体の2割だという。ちなみに、ティエンノーでは明細は発行されないけれど、ゼプタクスではどの部位をいくらで買い取ったか、かかる税金はいくらかが明細でしっかり出されるそうだ。

どんだけどんぶり勘定やっているんだ、ティエンノー。いや、どんぶり勘定に見せかけて、搾取してるって言った方が正しいのか。

「ティエンノーじゃあ、商人の護衛が一番割のいい仕事だと言われてたんだが、意味がわかったよ……もっとも、割のいい仕事はギルドマスターお気に入りの冒険者しか受けられないけど」

ラルラガンさんががっくりと落ち込んでいる。彼等は、ギルドマスターに嫌われていたそうだ。でも、あんな性格の人間にならば、嫌われていた方がよかった気がする。

結果的に、ティエンノーを出てゼプタクスに移ることになり、色々と待遇がよくなったようだし。終わりよければ全てよし、だ。

「ゼプタクスはいい街だから、拠点を移せてよかったです。あのままあんなギルドマスターの下で働き続けるより、ずっといいですよ、ラル」

「はは、そうか。そうだよな。セシの言う通りだ」

セシンエキアさんの言葉に、ラルラガンさんだけでなく、イーゴルさんもリンジェイラさんも笑っている。笑えるというのは、いいことだよな。

その後も、同じ場所でやってくる魔物を狩り続け、買い取り金額は午前中だけで６００万を超えた。

この金額を見るに、飛龍ってやはり特別な魔物なのかもしれない。あれ1頭で、1日の収入を軽く超えるのだから。

「いい調子じゃないか？」

「でも、今日の目標にはまだ４００万足りません。もっと頑張らないと！」

どうやら、銀の牙は買い取り金額を1日１０００万にするという目標を立てているらしい。その目標金額まで到達しないと、帰れない縛りプレイをしているそうだ。

それは、私も入るのだろうか。さすがに帰れないのは勘弁してほしい。大体、そろそろ昼時になる。

「その辺りは、お昼を食べてから考えましょう。一度、戻りませんか？」

「そ、そうだな」

私の言葉に、セシンエキアさん以外の全員が頷いた。セシンエキアさんは不服そうだが、空腹には敵《かな》わないらしい。

来た道を戻り、敷地に帰り着く。私一人なら帰還を使ってもいいのだが、同行者がいるのでやめておいた。

「昼食の仕度をしてくるので、テントで待っててください」

言い置いてから、ログハウスに入る。神像部屋の前を通った際、ついでとばかりに幼女女神の神像にお願いをしておいた。そろそろホーイン密林のマップが欲しい。でないと、外に出た時、自分がどこにいるのかわからなくて困る。

部屋に入り、神像の前で手を合わせた。

「えー、本日も見守っていただき、ありがとうございます。できたら、マップスキルが欲しいです」

祈り終わったら、幼女女神の神像が光った。

『まっぷ……とやらは、すまほに搭載されているはずじゃぞ？』

「え？　マジで？　……あ、本当にあった！」

スマホを確認したら、本当にある。普通のマップアプリのような顔をしてそこにあったので、気付かなかったのだ。もう少し、自己主張をしてもいいのでは？

早速マップアプリを起動してみると、敷地を中心にホーイン密林のマップが表示された。大部分がグレー表示なのは、私が行ったことのない場所だからか。

オートマッピングと思えばいい。今度から狩りに行く時は、グレーの部分を重点的に回るとしよう。

スマホをしまい、昼食を用意する。今日は面倒なので、お買い物アプリの惣菜からカツサンドを選択。1パック4切れ入りだ。普通なら一人1パックだけど、銀の牙だと一人で3、4パックくらい食べそう。

飲み物はウーロン茶をチョイス。油物を食べる時は、お供に欲しい飲み物だ。

「今日は私も向こうで一緒に食べよう。カツサンドのミニパックと、ホイップドーナツで」

カツサンドが2切れのミニパックがあったのでそれと、なぜか惣菜コーナーにある、店内で揚げましたというホイップドーナツを購入。

全てを持って銀の牙のテントまで向かう。

無事、ホイップドーナツを要求され、仕方なく全員分のホイップドーナツを購入する羽目になりましたとさ。


食休みをして、午後からは別の場所へ行ってみようという話になった。

「そういえば、アカリはどの辺りで狩りをしているの？」

「いつもは、敷地の裏手をずっと奥へ行ったところですね」

「え」

リンジェイラさんの質問に答えただけなのに、全員から驚きと共に異様なものを見る目で見られる。なぜ？

4人がそれぞれ、お互いの顔を見合わせている。

「あの、何かおかしなことでも？」

私の質問に、リンジェイラさんが溜息を吐いた。

「アカリ、あなたの家の裏手はね、このホーイン密林の奥へ続いているのよ。私達が挑戦しようとしている、洞窟ダンジョンに続いているの」

やはり、裏手は奥のエリアだったのか。納得する私の隣で、ラルラガンさんが眉間《みけん》に皺《しわ》を寄せている。

「ホーイン密林の奥は、魔物の強さも数も桁違いだ。そんな危ない場所に、君は一人で」

「大丈夫ですよ。バリアがありますし、未だにこれを破った魔物はいません」

言い終わったら、スマホがピロリン。あとで確認だな。

私の言葉に、4人はどうしたものかと考えているようだ。そんなに心配する必要はないのだが。何せバリアは女神仕様の魔法。魔力は食うけれど、その分頑丈だ。

それに、魔力量と魔法力を上げている。おかげでバリアを使ったまま、かなり長く活動できるようになった。

私の言葉を、銀の牙は疑っているらしい。

「アカリ、その……疑うわけではないんだが」

疑っていないと言う人間に限って、疑っているものだ。とはいえ、いきなり言われても、信じられないのは理解できる。

「何でしたら、これから敷地の裏手へ行きますか？」

「え」

私の申し出に、銀の牙全員が固まった。彼等でも、ホーイン密林の奥は厄介なようだ。

「出てきた魔物は、なるべく私が狩ります。私の側にいてくれれば、多分バリアで護れると思いますし」

バリアも使い続けているせいか、一度に6箇所くらい張れるようになった。消費魔力も、魔法力を上げているせいかそこまでじゃない。

帰りは魔力切れを起こしているかもしれないけれど。

その時は、4人に断って帰還で帰ってもいい。色々聞かれるかもしれないが、その時はその時だ。女神のご加護とでも言っておこう。

4人は何やら小声で話し合っている。これで一緒に行かないと言われても、それはそれでいいか。

だが、4人の出した答えは「同行する」だった。

「アカリ一人で危ない場所に行かせるわけにはいかないからな！」

「それに、奥にはどんな魔物がいるのか、気になるし」

「アカリのバリアの威力、見せてもらおうじゃないの」

「アカリさんに、神のご加護がありますように」

バリアの性能に関しては、半信半疑といったところらしい。これも、理解できる。人は自分で確認したことしか信じられない。それは当然だ。

なら、目の前で見せるに限る。

あ、スマホにメールかお報せが来ていたな。支度をするという名目で、ログハウスに戻って確認しよう。

「ちょっと、家に戻って支度してきますね」

「ああ。……何を支度するんだろうな？」

ラルラガンさんの疑問が聞こえたけれど、構わず銀の牙のテントをあとにした。

ログハウスに駆け戻り、玄関でスマホをチェック。

「あ、幼女女神からのメールだった。ん？」

『あの者達とは、これから長い付き合いになるであろう。必要とあらば、わらわの力を示せ』

幼女女神の力を示す。それは、スマホとか見せてもいいということか？

『そうじゃ。これから、その敷地の形も変わろう。その際、わらわの力なしに説明ができるのかえ？』

できないな。なら、許可も出たし、大手を振って幼女女神の加護ですと言っておこう。あ、そこは「女神様のご加護」と言うべきか。

『……ちっ』

メールで舌打ちしたぞ、この幼女女神。もしかして、私が「神への不敬」な態度を取るのを、待っていたのか？　金だらいを落とすのを楽しんでいないだろうな。

『わ、わらわはそんなことは楽しんでおらぬぞ？　うむ、絶対じゃ』

怪しい。とはいえ、今は追及している暇がない。この辺りは、次に金だらいが降ってきた時に考えよう。

『そなた……神罰を受ける気満々ではないか』

そんなことないし。

銀の牙と私の5人で、敷地の裏手を進む。

「足元に、道ができかけてるな。アカリ、どれだけここを歩いたんだ？」

「ええと」

どのくらいだ？　最初は律儀に毎日歩いていたけれど、移動魔法を手に入れてからは魔法で移動することの方が多かったんだが。

答えられない私を見て、ラルラガンさんが溜息を吐く。

「森林型のダンジョンはな、人が複数回通ると獣道のような細い道ができるんだよ。で、俺等はこの裏手は通ったことがない。でも、ここに道ができている。意味、わかるな？」

そんな不思議仕様なのか。さすがダンジョン。いや、それはともかく。

道ができるほど私が通った証拠になるらしい。いや、でも本当にそんな回数、通っていないのだが。今言ったところで、嘘と思われるだろう。なので、黙っておく。

獣道は、確かに見覚えのある場所を通っている。もうじき、よく採取と共に狩りをする広場に出るはずだ。

「ほう」

「なかなかいい場所だな」

「ここも、いい狩り場になりそうね」

「風が気持ちいいです」

ここは銀の牙の狩り場より広いから、密林の間を抜ける風が吹く。そして、その風が吹く時は、大物が来るのだ。

空を見上げると、黒い影。飛龍か？

「あれは……魔物よ！　気を付けて!!」

リンジェイラさんも気付いたらしい。

「皆さん、固まってください。全体でバリアを張ります」

銀の牙を一塊として認識し、バリアを張っておく。こうすると一つのバリアで集団をまとめておけると、狩りで経験した。この辺りにも、ワテ鳥が多く飛んでいるのだ。

あいつら、一羽ずつバリアで包むより、複数羽まとめて包んだ方が省魔力になるから。

空を飛ぶ魔物は、どんどん降下してくる。その姿は、大型の鳥だった。

「何だ？　あれ……見たことがないぞ!?」

銀の牙も、見たことがない鳥の魔物らしい。

「攻撃、来るぞ！　備えろ！」

いや、既にバリアを張ったので大丈夫。あの鳥、飛龍よりは弱そうだ。

「アカリ！」

「危ない!!」

鳥は、私に向かって降下してくる。鋭いくちばしで刺し殺すつもりか。

あの鳥のくちばし、いくらになるんだろう。

「逃げてええええ！」

リンジェイラさんの声が響く。イーゴルさんが私にタックルしてきたけれど、バリアに弾かれている。驚いた顔でこちらを見ている顔に、バリアの説明をろくにしていなかったことを思い出した。

そうしている間にも、巨鳥は猛スピードでこちらに突っ込んできている。というか、落ちているという方が正しいのか。

あれだけの質量が、あの高さからまっすぐこちらに向かってくるのだから、普通ならひとたまりもない。

巨鳥に知能があったら、きっと勝ち確定に内心ほくそ笑んでいる頃だろう。

だが、私にはバリアがある。巨鳥よりも強いであろう、飛龍をも仕留めるバリアが。

そのバリアを、巨鳥に張る。飛龍はその時点で落下していたけれど、巨鳥はどうだろう？

バリアで包まれた巨鳥は、飛龍同様揚力を失って明らかに先程とは違う落ち方をしている。

かなり落ちてきていたので、何だか木の実がぼたりと落ちるような感じだ。

「え？」

誰かの口から、間の抜けた声が聞こえた。私以外の誰もが、信じられないものを見る目で、落ちてきた巨鳥を見つめている。ちなみに、バリアのおかげで地響き一つあげずに落ちた。地べたに這いつくばり、もがく巨鳥。だが、行く末は飛龍と同じだ。このまま窒息するがい い。羽根にも骨にもくちばしにも、当然かぎ爪にも傷を付けていないので、買い取り金額には期待したいところ。

とはいえ、これまでの「生活」で傷が付いている個体もいるのが困りもの。飛龍も、私が付けたのではない傷を抱えている個体がいて、買い取り金額が下がったのだ。

「あの、アカリ？　これ、どういう状況なの？」

恐る恐るリンジェイラさんが聞いてきた。

「バリアで抑え込んでいるので、もうじき仕留め終わります」

「え？　バリアだけ……で？」

「ええ」

こちらの世界では、呼吸についてどこまで理解されているんだろう。それがわからないと、窒息と言ってもわからないのではないか。

いっそ水魔法を習得して、バリア内に水を満たせばわかりやすいか？

銀の牙は、お互いに顔を見合わせている。実際、巨鳥は目の前で苦しんでいるし、遠からず命を落とす。ただ、彼等にはどうしてそうなるのかがわからない。

バリアで包むと魔物は死ぬ。そのくらいの考えでいてもらえると助かるのだが。

「アカリさん、私達はこの大きな鳥のようなことには、なりませんよね？」

セシンエキアさんが心配そうに確認してくる。そこか。

「私や皆さんに使っているバリアと、この鳥に使ったバリアでは、少し種類が違うんです。なので、心配はいりませんよ」

これは本当。例えるなら、私達のはザル、巨鳥のはボウルだ。ザルは水も空気も通すけれど、ボウルは水も空気も通さない。

完全密閉できる状態でボウルを伏せたら、その中にいる生き物は酸素がなくなり窒息するだろう。ザルはそうはならない。

バリアを使った狩りは、簡単な上に安全だから助かる。もっとも、魔物も呼吸をする生き物であるというのが、大前提になるけれど。

飛龍といいこの巨鳥といい、魔物も呼吸するんだよな。死んだら死骸が残るし。そういうところは、ゲームとは違う。ドロップアイテムがないのも、そうか。

冒険者はドロップアイテムの代わりに、魔物から素材を剥ぎ取り売却する。私も、この巨鳥を買い取りに出して収入を得るのだ。

皆が見つめる中、巨鳥はバリアの中で暴れていたけれど、やがて動きが鈍くなり、とうとう動かなくなった。査定スキルを使うと、既に事切れたようで値段が付いていた。

羽根、骨、肉、くちばし、かぎ爪。締めて855万円。含む解体費用1割。

査定結果に何も出てこないということは、くちばしとかぎ爪に付いた傷は買い取りに影響がないということらしい。

何よりも、羽根を損なわなかったことがよかったようだ。飛龍には及ばないけれど、これはこれで高額買い取りなので文句なし。

上機嫌で買い取りOKのボタンをタップしていたら、背後から何やら視線を感じる。振り向くと、信じられないものを見るような目で見てくる銀の牙の面々がいた。

「どうかしましたか?」

私の質問に、ラルラガンさんが困ったような顔をした。

「いや、どうかしたかって」

ラルラガンさんを押しのけて、リンジェイラさんが意気込んで聞いてくる。

「アカリ、この大きな鳥、どうやって仕留めたのよ‼　魔法らしい魔法、使ってなかったわよね!?」

そこか。でも、それこそ説明しても納得してもらえるかどうか。あ。

「この鳥も、普通に息を吸って吐いて、してるんです」

「え？」

銀の牙の4人全員が、ぽかんとしている。

「何？　いきなり。そんな当たり前のことを言われても」

リンジェイラさんの言葉を遮って、言いたいことを言った。

「皆さん、水の中で息を吸うこと、できますか？」

「はあ？」

ラルラガンさんとリンジェイラさんだけでなく、イーゴルさんとセシンエキアさんも首を傾げている。

「できるわけないじゃない。水の中で生きられるのなんて、元から水の中に住んでいる生き物だけよ」

「ですよね。先程この鳥をバリアで囲んだんですが、その中は水が一杯になっているのと同じ状態でした」

「え」

「つまり、この大きな鳥は、息ができずに死んだんです」

私の説明は終わりだ。これで納得してくれなくても、もう言いようがない。

でも、4人は何だか怖いものを見るような目でこちらを見てくるのだが。なぜ？

「このデカさの鳥を溺《おぼ》れ死なす……」

「アカリって、見た目と違ってかなり……その……」

「若さに見合わぬ手を使う」

「アカリさん、意外とエグい手を使うんですね」

そこ⁉　そこなのか⁉　剣や魔法で殺すのはエグくなくて窒息はエグいって、どういう基準なんだよ。


その後も、周囲の植物の採取などを行いつつ、襲ってくる魔物をバリアだけで仕留めていく。

「これも金になるのか⁉　知らなかった……」

「ただの雑草に見えるのにな」

「へー、これで薬が作れるんだ？」

「作ってみたいですが、薬は許可がないと作っても売ってもいけませんしねえ」

さすがに、その辺りは許可制らしい。怪しい薬が売られて健康被害が出ても大変だから、正しいあり方なのだろう。

「あー、薬って確か、どっかの国にある何とかって街でしか、作っちゃいけないんだっけ？　馬鹿みたいよねえ」

「ビジル王国のアンデータですよ、リン。教会からも、何度か薬製作許可の申し入れをしたそうですが、アンデータ側が譲らなかったと聞いています」

「でも、教会って法外な値段で治癒魔法を使ってるじゃない」

「う……それは、そうなんですけど。治癒魔法を使えるようになるには、長い修業と鍛錬が必要ですし。教会にいる聖職者全員が使える技でもありませんし」

「わかってるって。セシはそういう教会の態度にも、疑問を持っていたんでしょ？　いいじゃない、もう修道院とも教会とも縁は切れたんだから、自分の神様を大事にしていれば」

「もちろんです！　そのためにも、私の教会を建てなくては！　女神ルヴンシール様に捧げるのです！」

そういえば、セシンエキアさんは幼女女神のための教会を建てる気だったっけ。ちょっと遠い目になりそうだ。

「あら、アカリさん、どうかしましたか？」

「い、いいえ。何も。そ、それより、教会が治癒魔法を高値で売ってるのは、本当ですか？」

話題を少しだけ逸らしておこう。それに、この世界での教会のあり方も少し知りたい。

私の質問に、セシンエキアさんがちょっと呆れている。

「教会は治癒魔法を売っているわけではありません。ただ、治癒魔法を施した方から、お布施という形でいただくだけで——」

「はっきり言いなさいよ、セシ。教会は金儲けのために、治癒魔法を高値で施してるだけだって」

セシンエキアさんの背後から、リンジェイラさんが突っ込んできた。やっぱり、教会ってそうなんだ。

考えてみたら、今の教会が祀っているのは邪神……女神シュオンネのはず。なら、銭ゲバ聖職者がいても不思議はない。

私にとっては幼女女神の方が……これ以上は、考えないようにしよう。

セシンエキアさんとしては、リンジェイラさんの発言は不服のようだが、明確に反論できるだけの材料もないようだ。軽く唸って睨む程度である。

薬を独占している街、治癒魔法を独占している教会組織。この世界、生き残るのが大変そうだな。

植物採取だけでも、銀の牙には満足のいく収入になったらしい。ちなみに、植物採取の金額は、全て現金にするそうだ。

「現金も手元に持っておかないと、面倒なこともありますからね」

パーティーのお財布係であるセシンエキアさんが、胸を張って主張する。大きい人は色々と凄いな。

来た道を辿り、敷地に到着する頃には、皆が空腹を訴えていた。

「腹減ったな」

「まだ夕飯には間があるんじゃないか？　いや、腹は減ったが」

「アカリー、この間の美味しい揚げパン、まだある？」

「リン、無駄遣いはよくないですよ」

つまめるものか。お買い物アプリには甘いものもたくさんあるけれど。そういえば、以前ドーナツを出さなかったか？　あの時は、食事の一環として出したような。

「……あれとは違いますが、多分あると思います」

「本当か!?」

「助かる」

「ありがとー、アカリ」

「し、仕方ないですね。今日もしっかり働いたことですし、たまには……」

お財布係の許可も出たようだ。なら、お買い物アプリで何か探すとしよう。

ちなみに、茶菓子やおやつにも、しっかり金を取っている。当然だ。ここはぼったくり宿……宿というには、ちょっと色々アレだが、それでもぼったくり宿なのだから。

ログハウスに戻って、私室からタブレットを持ち出し、ダイニングキッチンでタブレットからお買い物アプリを立ち上げる。

「えーと、お菓子お菓子……ん？」

お買い物アプリにも、１００円菓子コーナーがある。しかも、大分古いパッケージで、中身も多い。本当、いつの時代のお菓子なんだか。

でも、賞味期限は問題ないようだ。なら、これは買いだろう。見ていったら、ラインナップに子供の頃好んで食べていたビスケットがある。これでいいか。

袋自体はそれなりの大きさだが、あの大食らいの連中に1袋では絶対に足りない。

「面倒だから、一人1袋買ってしまえ。太っても、それは彼等の自業自得だ」

食料を提供しておいて、この言い草。でも、彼等冒険者は基本肉体労働者だ。なら、このくらいおやつで食べても問題ないだろう。

ビスケットを5つ買って、1袋は私用に、4袋は銀の牙用にする。ちょっと深めの皿4枚にビスケットを移した。一人分ずつ分けておかないと、争奪戦が起こるから。

いや、分けても争奪戦が起こったけれど。まあともかく、分けられるものは分けておいた方が無難だ。

それらを浮遊とバリアを使って運んでいく。4枚の皿に山盛りのビスケットとなれば、それなりの重さになるから。

「お待たせしました」

銀の牙は、テントの前のテーブルにいた。彼等の定位置になっているそこに、ビスケットを置く。

「焼き菓子ですが、どうぞ」

「おお」

銀の牙の面々は、目を輝かせている。そんなにお腹空いていたのか。

私はビスケットを置いてすぐ、ログハウスに戻る。少し魔力を使いすぎた気がするので、夕飯まで寝ていたい。

ダルい体を引きずって戻ると、玄関を入ってすぐにある神像部屋から、光が漏れていた。何かあったのか？

部屋に入ると、壁のアルコーブに置いた幼女女神の神像がビカビカと明滅していた。

「何これ？」

『おお！　やっと来おったか！　待ちかねたぞ！』

いや、急ぐならメールで報せればいいのに。

『そなた、あの者達を支援せよ！』

「はい？　誰を？」

『わらわを崇める建屋を作ると申しておる連中じゃ！』

それはもしかしなくても、銀の牙のことか？　あ、セシンエキアさん個人かも。

「でも、セシンエキアさんが教会を建てたいって言ったの、今回が初めてじゃないでしょうに。何で今更？」

『それは今どうでもいいのじゃ！　わらわを崇める建屋ができれば、邪神への抵抗力を上げることができるのじゃ。これからのためにも、さっさと建てさせよ！』

そんな無茶な。教会を建てるのなんて、いくらすると思ってるんだ。

『ふっふっふ、わらわにできぬことなどないわ。あとであぷりを確認してみよ』

え、まさかここに教会を建てさせようとしてる⁉

『しっかり人数を増やすのじゃぞー』

幼女女神像は、言いたいことだけ言い終わったら、さっさとただの像に戻ってしまった。

寝るために私室に戻ったけれど、幼女女神の言葉が気になる。ダイニングキッチンから戻したタブレットで、お買い物アプリを見てみた。

「マジで入ってる……」

温泉の時に追加された増設というタブに、教会が入っていた。お値段３０００万円。高いは高いけれど、教会と考えるとお安いんじゃね？

贔屓《ひいき》が入ってるな。とはいえ、邪神に対する抵抗力を上げるとか何とか言っていたから、必要なものなのかも。

これは、食事を持っていく時にでも、セシンエキアさんに伝えておこう。

夕飯の支度をする。銀の牙には惣菜の大盛り唐揚げを一人２パック、付け合わせの袋サラダも一人２袋。これをペロッと食べるんだから、凄い。

自分の分は、珍しく魚にした。丸々としたサンマが入荷していたので、焼いて大根おろしと一緒に頂く。味噌汁も大根だ。

サンマを焼くのは戻ってから。まずは銀の牙に夕食を届けてこないと。

「夕飯でーす」

テントの外から声をかける。外には誰もいないから、彼等もテントの中で休んでいるらしい。しばらく待つと、テントからイーゴルさんが顔を出した。

「ああ、夕飯か。いつもありがとう」

「いえいえ」

きっちり代金をいただいていますので。唐揚げとサラダをイーゴルさんに渡し、これでサンマが焼けると踵を返そうとして、思い出した。

今、教会の話を伝えておくか？　だが、そうすると私は落ち着いて夕飯が食べられなくなりそうだ。

絶対、詳しく聞かせろと迫られるはず。

少し考えて、そのままログハウスに戻った。どうせ詳しく話すのなら、明日の朝の方がいい。私にはこれからサンマを焼いて食べるという、大事なミッションがあるのだから。

その日焼いたサンマは、脂が乗っていてとても美味しかった。


翌朝、いつも通りに朝食を持っていくと、銀の牙は既に身支度を調えてテント前にいた。

「おはようございます」

「おはよう」

「おはよう、いい朝だな」

「おはよー。アカリは朝から元気ねー」

「おはようございます、アカリさん。リンはもう少し、夜更かしを控えた方がいいですよ」

4人それぞれの朝の挨拶。いつも通りパンとジャム、それとコーヒーの朝食を渡す。後は各自で好きに食べてもらうのだけれど、今日はちょっとログハウスに戻るのを躊躇した。

食べる前に話すか、食べ終わった時に話すか。

「どうかしたか？　アカリ」

「ええと、ちょっとセシンエキアさんにお話が」

ラルラガンさんに声をかけられたので、このまま話してしまおう。

私の返答に、セシンエキアさん以外の視線が彼女に集中する。当の本人は、ジャムを付けたばかりのパンを頬張ったところだ。

「ほへ？　わらひれふか？」

「セシ、食べるか喋るかどちらかにしなさいよ」

リンジェイラさんに窘《たしな》められたセシンエキアさんは、とりあえず口の中にあるパンを食べるのを選んだらしい。

「ふう。私に話とは、何でしょう？　は！　もしや懺悔《ざんげ》がお望みで？」

「違います。実は、この敷地内に教会が建てられるように――」

「本当ですか⁉」

最後まで言う前に、セシンエキアさんが食いついてきた。

「いつですか？　どの辺りにですか？　ああ、大工や石工はどこに依頼しましょう。ゼプタクスで早速探さなくては！」

「落ち着いてください、セシンエキアさん。タダではありません。お金がかかります。その代わり、一瞬で建つと思いますよ」

「え？」

実はあの増設タブに、そういう説明が書いてあったのだ。さすが幼女女神製、色々と振り切っている。

タダではないと聞いたセシンエキアさんからは、先程までの浮かれた様子が消えている。

「アカリさん、それで、お値段はいかほどですか？」

「3000万イェンです」

値段を聞いたセシンエキアさんが、倒れそうになった。無言でそれを支えたのは、イーゴルさんだ。

「そんな端金《はしたがね》で教会が建つなんて。信じられません」

端金とか。幼女女神が聞いたら驚くんじゃなかろうか。それとも、これを狙ってあの値段設定にしたのか？

それと、もう少し伝えておかなくてはならないことがある。

「3000万イェンで建つには建つんですが、かなり小さいものになりそうなんです。それでも、構いませんか？」

「いいんです！　教会に大きさは必要ありません！　教会は、神と人を繋ぐ場なのですから！」

セシンエキアさんは、厳密にはもう聖職者ではないらしい。でも、この考え方は治癒魔法で高額のお布施を要求する教会の連中よりも、よほど聖職者らしいのではないか。

その辺りも、幼女女神が目を付けた点かもしれない。

そう、幼女女神はセシンエキアさんを通して彼等に目を付けた。もしかしたら、教会を通じて彼等にも私同様の縁というやつが繋がるのかも。

セシンエキアさんは喜ぶだろうけれど、他の人達はどうだろうな。加護があれば、強くなったりするんだろうか。

セシンエキアさん個人で3000万を貯めるのは、さすがに大変なんだとか。

「一応、パーティーで倒した魔物の売却金は頭割りしているんだけどな」

「最近は高い魔物を仕留めるようになったから、それぞれ貯めている金額も大きくはなってきているけれど……」

「冒険者って、装備にお金がかかるからねえ」

「私も、この聖衣には、それなりのお金をかけました……」

セシンエキアさんが着ている聖衣というのは、教会で作っている特別な衣装なんだとか。聖職者が着ると、神聖魔法と呼ばれる魔法の威力が上がるらしい。

その分、お値段も高めなんだそう。リンジェイラさんが、少し苦い顔で言う。

「セシの装備だけでなく、私の衣装も杖も、それなりのお値段がするのよ。それに、今使っているのはティエンノーであつらえたものだから、素材もいいの。正直、冒険者の装備に関しては、ゼプタクスよりティエンノーの方がよかったわ」

「鎧や盾、剣もな」

ラルラガンさんが苦く言い、イーゴルさんが無言で頷いた。国や街も、色々だな。

ここでなぜか尻ポケットのスマホがピロリン。あとでと言いたいところだけれど、このタイミングならきっと何かある。

画面には、「めがみ」の文字。

『教会を建てるためにも、その者達に施しをくれてやろう。あぷりにいいものを入れておいたぞよ』

幼女女神が言ういいものって、何だろうな。

そのまま、スマホでお買い物アプリを立ち上げる。周囲から見られているけれど、気にしない。幼女女神も、多分見られるのはわかっていてこのタイミングで送っていると思うから。

「アカリ、それは何なんだ？」

ラルラガンさんが聞いてきたので、答えた。

「神様からもらった道具です」

「え⁉」

「あげませんよ？　セシンエキアさん」

「ええええええ」

神様関連には、何でも貪欲なセシンエキアさんだけれど、さすがにスマホもタブレットもあげられない。これをなくしたら、こちらが困る。

お買い物アプリには、確かにＮＥＷマークが出ていた。タップすると、何と装備関連。ということは、銀の牙の装備をここで買えるということか。

「ええと、今女神様からのお告げがありまして」

「え⁉」

「皆さんの装備をここで買えるようになりました」

「えええええ⁉」

まあ、驚くよな。私も地味に驚いた。まあ、彼等に稼がせて、その分ぼったくれという幼女神の思し召しなのだろう。

ただし、やはり高い。これを彼等が購入できる日は来るのだろうか。

その前に、一覧を見せた方がいいと思うのだが。スマホやタブレットの画面は見せてもいいのだろうか。

再び、スマホがピロリン。

『見せねば買えまい。新しい機能も追加しておいた故、遠慮なく見せるがよい』

新しい機能？　お買い物アプリだろうか。いや、スマホそのものだ。ホーム画面に、見慣れないアプリがある。「投影」という名のアプリだ。

とりあえずタップしてみると、まずは説明画面が出た。それによると、投影は単体では使えないアプリで、他のアプリと連動することにより威力を発揮するらしい。

名前から察するに、スマホの画面を空中に映し出すとか、そんな動きをするんじゃないだろうか。

とりあえず、使ってみよう。

「うお！　何だこれ？」

お買い物アプリの装備品一覧を投影してみた。空中に、半透明のスクリーンが現れ、そこに投影されている。そういえば、文字は日本語だが、大丈夫だろうか。

「大剣に短剣……大斧まであるぞ」

「品揃えが豊富だな」

「あ、杖もたくさんあるわよ！」

「まあ、短杖まで」

読めるらしい。私には日本語に見えるのだが、彼等にはこちらの言語で見えるのか？

「お！　触ったら、大きくなったぞ！」

「詳細な説明も付いてる」

「ちょっと、大剣ばっかり選んでないで、杖も見せなさいよ！」

「短杖も見たいです」

投影、ただ単に画像を映し出すだけではなかった。画面の機能も投影してるよ。お買い物アプリだから、画像をタップして選択できるようだ。

これ、このままお買い上げまで行けてしまうのでは？　それはヤバい。

「このように、装備を売っています」

慌てて画面を消した。銀の牙は、お預けを食らった子供のような顔をしている。

「ア、アカリ、もう少し、もう少しだけ」

「他の装備も見たかったんだが」

「ねえ、杖は？」

「あの、私も」

4人とも、それぞれ自分の武器防具をもっと見たいらしい。というか、武器に偏っていないか？

それはいいとして、大事なことを伝えておかなくては。

「皆さん、装備のお値段は確認しましたか？」

「え」

「当然のことですが、あれらはタダではありませんよ？」

「う……」

「ちなみに、最初に選んでいた大剣のお値段は、９０００万イェンです」

「きゅ！」

もうちょっとで1億いくお値段だったよ。そこまでチャージの金額は多くないけれど、分割払いという手がある。

大体、お買い物アプリで買い物ができるのは、私だけだよな。ということは、彼等があの装備を購入したい場合、私が代理で買うことになる。

彼等の借金、一時的に私が背負うことにならないか？　それはいかん。

「他の装備も、似たようなお値段です。皆さん、ご自分が欲しい武器防具を購入なさるためにも、貯金を頑張ってみてはいかがでしょう？」

はっきり言って、怪しい窓口の担当者がいいかねない言葉だ。もっとも、そういう人達は品物を売りたいのであって、貯金をさせたいとは思わないだろうけれど。

新しい装備が買える。しかも高機能とくれば、人間欲しくなるというもの。武器には全て攻撃力というわかりやすい数値があり、防具にも防御力という数値がある。

最初、銀の牙はそれらがわからなかったけれど、彼等のステータスと併せて教えたら、やる気を見せた。

ちなみに、全員のステータスはこんな具合。

ラルラガン
生命力　51

魔力　26

体力　25
敏捷　18
器用　1
知力　2
精神力　16
魔法力　2
運　5

まあまあな脳筋具合だ。にしても器用が1って。剣士として、それで大丈夫なのか？

イーゴル

生命力　53
魔力　35

体力　30
敏捷　7
器用　12
知力　10
精神力　20
魔法力　1
運　3

こちらも、若干脳筋より。器用がラルラガンさんより高いのが、笑っていいところなのか悩むところだ。

リンジェイラ

生命力　42
魔力　72

体力　7
敏捷　8
器用　15
知力　20
精神力　18
魔法力　20
運　9

こちらは逆に魔法より。さすがは魔法職といったところか。でも、体力が低くないかね？

セシンエキア

生命力　23
魔力　62

体力　10
敏捷　7
器用　15
知力　15
精神力　30
魔法力　15
運　1

待って。この人、元とはいえ聖職者だよな？　なのに、なぜ運が1？　他はそこそこいいステータスなのに。なんという残念さ。

ちなみに、体力や敏捷は攻撃力に繋がりやすく、器用さは命中率に繋がるようだ。ラルラガンさん……

ただ、運は攻撃、防御、魔法の全てに繋がるそうだから、ここが高いと補正が効くという。

最初、その辺りを説明しつつ全員のステータスを書いて教えたら、色々あったな。

ともかく、剣や斧といった物理攻撃系武器は体力に、杖や短杖といった魔法攻撃系は魔法力に補正が入る。器用に補正が入る武器防具は、今のところないな。

そういったものは、ゲームだとアクセサリーの部類じゃなかろうか。いや、ここはゲームの世界ではないし、お買い物アプリにそういったアクセサリー類は売ってないが。

ともかく、補正が入るという言葉で、彼等の物欲に火がついたらしい。翌日からの彼等の狩りの結果が、大変なことになった。

「随分大きな獲物を捕ってきましたね」

いつものように、広げたブルーシートの上には、大きなサイのような魔物が転がされている。

「いやあ、頑張った！」

「新しい盾も欲しいしな」

「私の杖のためよ！」

「短杖も欲しいですし、何より教会を建てないと……」

若干ヤバくなってる人がいるけれど、見なかったことにしておこう。

ちなみに、私が同行するとその場で買い取りができるので、魔法の鞄を圧迫することはないのだが、それでは駄目だと全員が口を揃えた。

「アカリが同行すると、全部アカリが倒すだろ？」

「それだと、俺達の獲物とは言えない」

「そういうところは、ちゃんと線引きしておかないとね」

「残念ですが。ものすごおおおおおおおおおく残念ですが」

セシンエキアさんの残念ぶりがよく伝わる一言である。言ったあとに他の３人からはたかれていたけれど。

それはともかく、今は査定だ。

「頭部が潰れたので、角と皮の分減額されますが、これ一頭で６４３６万３７１０イェンです」

「おお！」

銀の牙も、歓声を上げる。買い取り金額は頭割りになるけれど、全員の装備を新調するためにも、高額買い取りは大歓迎だろう。

あまり危ない狩りはしてほしくないが、彼等の代理購入でも幼女女神の力の回復には繋がるようだ。なら、頑張っていただきたい。

ついでに、敷地へのフリーパス権になる「鍵」も4人全員に渡しておいた。

「これは？」

「敷地に入るための鍵です。持っているだけで入れますので、特に鍵穴に差し込む必要はありませんよ」

認証用なので。これは、敷地アプリの新機能の一つだ。しかも個人設定がされているから、譲渡も売買もできない。もっとも、彼等がそれをするとは思えないけれど。

そのくらい、敷地で出す食事と、お買い物アプリで見せた装備に夢中だ。

私に渡された鍵を見て、4人は呆然としている。

「嬉しいけれど、いいのか？」

ラルラガンさんの言葉に、他の3人も同意見らしい。

「これから、私も個人で狩りに出ることが多くなると思います。すれ違ったら、皆さんが敷地に入れませんよね？　なので、こちらをお預けします」

半分本音だ。残りは、いちいち木戸を開けに行くのが面倒になったから。でも、これはさすがに言えない。

私の説明に、4人は何やら感動しているようだ。

「ありがとう！　アカリ。君を裏切るようなことは、決してしないと誓う！」

「恩に着る」

「何より、アカリの信頼が嬉しいわ」

「心から、感謝します」

よかった、残り半分の本音を言わなくて。


彼等と私が狩りに勤《いそ》しむようになって2日後、ゼプタクスからの客が来た。客というか、リレアさんだ。

彼女は冒険者5人を護衛に雇い、総勢8人で来ている。冒険者とリレアさんの他に、中年男性が二人だ。

彼等が到着したのがちょうど昼時だったので、私がいてよかった。銀の牙に渡した鍵には、他人を入れる機能までは付いていない。

彼等が一緒でも、リレアさん達は敷地の外で待ちぼうけを食らうところだった。これも、これから冒険者が増えることを考えたら、何か対策を練った方がいいんだろうな。

「お久しぶりです、アカリさん」

「お元気そうで何よりです、リレアさん」

軽い挨拶を交わした後は、連れてきた二人をリレアさんが紹介してくれる。

「こちら、食堂を任せるテオンドとザルスです。責任者はテオンドになりますから、何かありましたら、彼までお願いしますね」

「テオンドだ。よろしく」

「ザルス」

二人も挨拶してくれたけれど、無愛想の一言。これで客商売できるんだろうか。

「アカリです。敷地に関してわからないことがあったら、聞いてください」

「なら、聞きたいんだが」

お、早速か。テオンドさんが辺りを見回している。

「本当に、ここは安全なのか？　俺は元冒険者で、足を壊したから辞めたんだ。もし魔物が入ってきたら、逃げ切れん」

元冒険者の人なのか。なら、ここの怖さは身に染みているのかもしれない。

「ご心配には及びません。あの柵から中には魔物は入ってこれませんよ」

「本当か？　なぜそう言い切れる？」

「ここは、神様からもらった場所だからです」

本当のことを言っただけなのに、どうして可哀想な子を見るような目で見るのだろう。リレアさん、あなたもですよ。

「……ともかく、敷地は安全な場所ですよ。それが信じられないのでしたら、お帰りいただいて結構です」

笑顔で圧強めに言ったら、相手は無言で頷いた。それは了承したという意味か？　それとも出て行くの意味か？

その後、3人とも無言でテントを張ろうとしたので、了承の意味だろう。それはともかく。

「アカリさん、この辺りにテントを張ってもいいですか？」

「あ、ちょっと待ってください。冒険者用の場所を用意しますので」

「え？」

リレアさんの後ろで、テオンドさんとザルスさんの二人も首を傾げている。もっと前に用意しておけばよかった。

スマホでお買い物アプリを立ち上げ、拡張敷地を選択する。1区画1000円という破格値だ。1区画が4平米。約1坪ちょっとだ。これを1万区画、4万平米購入する。これで1000万円だ。貯金……というか、チャージ金額が大分減ってしまった。

でも、これは必要な支出なのだ。これから増えるはずの冒険者を収容するには、これくらいの広さが必要なんだと思う。多分。

拡張敷地を購入すると、出入り口をどこにするか、アプリ上に敷地の簡易図が出る。冒険者のための敷地なのだから、木戸の近くがいいだろう。

木戸のすぐ脇、直角の位置に設定した。

「え」

「い、今、扉が急に！」

「何だあれ!?」

リレアさん達が驚いている。いや、私もちょっと驚いた。何もないところに、いきなり扉ができたら驚くよな。

あの、有名などこにでも行けるドア同様、枠と扉のみが建っている。そっと裏側を見ても、何もない。

ノブを回して扉を開けると、その向こう側には広々とした土地が広がっていた。

「……アカリさん、これ、どういうことですか？」

「ええと、神様の力です！」

やけくそだが、これならさすがに神様云々も信じてくれるだろう。リレアさんは言葉もなく、扉の向こうを覗き込んでいる。

「信じらんねえ……」

「神様って、本当にいるのか……」

二人の料理人も、これでこの敷地のことを信じてくれただろう。

扉の向こうにある拡張敷地は、何もないだだっ広い土地だ。遠くに、敷地と同じタイプの柵がある。あの向こうには、行けるんだろうか？

尻ポケットのスマホがピロリン。

『拡張敷地は拡張した空間にある場所じゃ。柵の向こうはそう見えるだけで、実際には壁のようなものじゃぞ。行けるわけあるまい』

何だ、行けないのか。

『その代わり、景色はそなたが見たことがある場所なら設定可能じゃ。どこかよい場所を探して、設定するのも手じゃぞ？』

ほほう。それはいいことを聞いた。

一人スマホの画面を見てにやついていたら、私のあとに続いて拡張敷地に入ってきた３人が辺りを見回している。

「広いですね……ここに、テントを設置していいんですか？」

「ええ。今なら場所は選び放題ですよ」

「でしたら、この扉の近くに設置しますね。食堂用のテントは、隣に設置してください」

「おう」

「わかった」

3人とも魔法の鞄を所持しているらしく、リレアさんとテオンドさんがテントを取り出した。

あの小さな鞄の口から、にゅるりと大きなものが出てくる様《さま》は、何度見ても慣れない。

テントはどちらも大型で、似たような外見だ。でも、食堂の方には入り口に看板が置かれ、そこに「食堂」と書かれている。

リレアさんのテントは、「ゼプタクス冒険者ギルドホーイン密林支部」と書かれた看板が入り口に置かれた。

冒険者ギルドの仕事は、大まかに分けると依頼の受発注、魔物の解体、素材の買い取り、冒険者の登録、生存確認だそう。

特にここでは、生存確認と買い取りが中心になるというのが、リレアさんの読み。

それにしては、テントが小さく感じるのは私だけか？　大きいには大きいんだが、イメージ的には運動会などで出るテントくらいの大きさだ。

買い取りとなると、大型の魔物を取り出す必要があるから、建物も大きくなると思うんだが。

まあ、査定くらいならテントの外でもできるだろうけれど。

私の視線から考えが読めたのか、リレアさんがくすりと笑う。

「実はこのテント、特注品でして。見た目以上に中が広いんです。郊外で出張ギルドをする際に使われるものなんですよ」

何と。見た目以上の広さというと、銀の牙が持っているテントのようなものか。いや、それよりも気になるワードがある。

「出張ギルドって、何ですか？」

「ダンジョンが魔物の氾濫……スタンピードを起こした際、各街の冒険者ギルドが現場に行って、査定や買い取り、評価などを行うんです。いちいち街に戻っている暇はありませんから。そういう時に使うのが、このテントなんです」

なるほど。意外と合理的なんだな。いや、ここに支店を出そうと考えるくらいなのだから、最初から合理的なのか。

「じゃあ、銀の牙が狩ってきた魔物も中で査定するようになるんですね」

「そうですねえ。あのパーティーだけならそれでも何とかなりますが、これから人が増えることを考えたら、手が回らないことを視野に入れないといけませんね。大型でなければ、私でも解体できるんですが」

そうか。今、この支店にはリレアさん一人。彼女が受付も査定も解体も何もかも一人でやるとなると、大変なことに……ん？

「リレアさんって、魔物の解体ができるんですか？」

「できますよ？　解体師の資格も持っていますし」

資格？　あれって、資格のいる仕事なのか？

驚く私に、リレアさんが笑う。

「ギルドに関わる人でないと、知らないんですよね、これ。魔物の解体は、きちんと資格を持つ人間が行わないと、毒や有害物質で素材や肉が汚染されることも多いんです」

だから、解体の仕方をきちんと知っている解体師という資格があるのだとか。これ、国家資格だそう。

でも、冒険者ってその場で素材を剥ぎ取ることも多いよな。あれは、解体ではないのか？

疑問をぶつけると、リレアさんが苦く笑う。

「剥ぎ取りと解体は、分けて考えられてますね。基本的に、内蔵を弄る場合は解体です。それ以外、角や牙、くちばし、蹄などは剥ぎ取りとされています。ただ、皮を剥ぐ場合は、先程言ったように有害物質で汚染される場合がありますから、推奨していません」

そうなのか。お買い物アプリの解体費1割は伊達《だて》ではないんだな。

「じゃあ、この支店で買い取った魔物はどうするんですか？」

「丸ごと買い取りの場合は、運搬費と解体費をさっ引いた値段で買い取りますよ。それでも、重くて街まで運べない魔物をここで買い取るのは、大きいと思います。買い取った魔物は、時間停止型の魔法の鞄に入れてゼプタクスに送るんです。大型の魔物の場合、複数人での解体が義務づけられていますので」

大型の魔物の場合、運搬するだけでも大変なので、自力でゼプタクスに持ち込むより、ここに持ってきた方が近いし、楽なんだとか。

「冒険者の全員が全員、時間停止型の魔法の鞄を買える訳ではありませんからね」

入れたものの時間が停止する魔法の鞄は、もの凄く高いらしい。確かに、色々考えると、支店に売るのが一番手間がなくてよさそうだ。

「お約束通り、ギルドの売り上げの4割をお支払いしますので、支店が繁盛するよう、便宜を図ってくださいね？」

「もちろんです」

この4割を決めた時も、大変だったな。副ギルドマスターが粘ってたっけ。

ともかく、ここの売り上げが上がることは、私の収入増に繋がるのだ。ならば、できる限りのことはやる。

「ギルドの売り上げ向上のためにも、より多くの冒険者がここに来ることを祈ってますよ。リレアさん」

「そうですね」

リレアさんの笑顔が引きつっているように見えたけれど、気のせいか？

それより、念を押しておくことがある。

「ただ、ここに来る冒険者には徹底してほしいことがあります。それを護れない人は、容赦なく弾き出しますから。その辺りは周知を徹底しておいてください」

「わかりました」

ルールとして決めたのは、指定した有料トイレを使うこと、敷地内でのたき火は厳禁、敷地内での暴力沙汰は厳禁。もちろん、私に対する不愉快な行動も厳禁だ。

改めて挙げた内容に、リレアさんが顔を曇らせる。

「たき火は致し方ないのでは？　禁止にすると、暖が取れません」

「ああ、この敷地内、いつでも適温なんですよ」

「え？」

「今も、暑くも寒くもないでしょ？」

「そういえば……」

何せ、幼女女神が用意した敷地だ。神様仕様故、仕組みはわからないけれど。

一通り、支店関連の話が終わった。時刻は昼近く。もう、今日はお休みだな。

ログハウスに戻ってお昼の準備をしようと思ったら、何やら背中から視線が。振り返ると、よだれを垂らした銀の牙の面々。

「アカリ、今日の昼飯は何だ？」

「俺は、以前食べた肉まんがいい」

「あら、私はホットドッグの方がいいわ」

「私は、前に食べたラーメンで」

すっかり日本風の食事にハマっているようだ。彼等の主張を、リレアさんがぽかんとした顔で見ている。

そういえば、この人の食事ってどうするんだろう？

「リレアさん、昼食はありますか？」

「え？　一応、食堂でまかないを出してもらえる予定ですが。そういえば、前にご相伴《しょうばん》にあずかった料理、美味しかったですねえ」

リレアさんが何かを思い出すように、遠い目になっている。

食堂のまかない。ちらりと銀の牙を見ると、皆揃って微妙な表情だ。味に難ありか？

こちらで提供するにしても、うちの食事は一食10万というお値段だ。初回だけタダというわけにもいかない。

悩んでいたら、ラルラガンさんがこそっと耳打ちしてきた。

「アカリ、金は俺が出すから、リレア達にも俺達と同じものを出してやってくれないか？」

「え？　いいんですか？」

確認すると、4人全員が頷いている。

「食堂の料理は、マズくはないが、美味くもないんだ」

「あれだけなら、選択の余地はないんだけど」

「彼女達の隣で、美味しいものを食べるのは気が引けます」

そこまで言うほどなのか。まあ、銀の牙がおごるというのなら、私に文句はない。

「リレアさん、銀の牙の皆さんが、こちらで昼食をご一緒にということなんですが、いかがですか？　食堂のお二人もどうぞ」

「いいんですか!?　ありがとうございます！」

話は簡単に決まった。

4人のリクエストを全部聞いているとまとまらないので、メニューはこちらで適当に決める。

とはいえ、私含めて8人分。作ってる暇なんぞない。

「なら、出来合いか冷凍ものかなあ」

ログハウスに入ってお買い物アプリを開きながら唸る。何にしよう。あ。

「大人数なら、ピザもあり？」

幸い、ログハウスのキッチンには立派なガスオーブンがある。それとは別に、オーブンレンジもあるから、こっちでも焼けば大きめピザが一度に2枚焼けるな。

8人だと、大きめ2枚でも足りないかもしれない。何せ、銀の牙は大食らいだ。その時は、また焼けばいい。

お買い物アプリから、焼くだけの半生ピザを選択。焼き方を読んで、それぞれオーブンで焼いていく。焼けるチーズのいい匂いが漂ってきた。

「あ、ピザカッターがないや。これもあるかなー？」

懐に余裕があると、人間は何でも買ってしまうのだ。そして、お買い物アプリにはしっかりピザカッターもあった。

無事焼けたピザを、慌てて用意した大きな皿に載せてカッターで切る。それを2枚、バリアと浮遊を駆使して運んだ。

気付いたら、銀の牙のテントも拡張敷地の方へ移動していた。

「できましたよー。焼けばまだお替わりもあるので」

銀の牙の皆が、嬉しそうに皿を受け取る。匂いで美味しいとわかっているようだ。

「おお、うまそうだ」

「あら、取り分ける皿が必要ね」

「テントから取ってきます！」

言うが早いか、セシンエキアさんがテントに走っていく。いつものように、テントの前にはテーブルと椅子が用意されていた。

「これは、何という料理なんだ？」

食堂の主、テオンドさんが皿の上のピザを凝視している。それに答えつつ、銀の牙の面々に聞いてみる。

「ピザです。あ、これに合う飲み物もあるんですが、どうします？」

「くれ！」

一番最初に食いついたのは、ラルラガンさんだ。当然、他の銀の牙も口にピザを頬張りながら頷く。

ピザと言えばコーラ。「一緒に飲み物もいかがですか？」作戦だ。もっとも、私はコーラは苦手なので、他の炭酸飲料を選ぶけれど。

計算通りにハマってくれる銀の牙。さすがカモネギ。ありがとうございます。

食堂担当の二人は、この場の雰囲気についていけずにオロオロしている。ちょっと可哀想だけれど、ここでやっていくのならこのノリには慣れていただきたい。

リレアさんなんて、すっかり染まってるよ。


ピザは、大好評でした。いや、好評すぎて大変なんだが。

「何だこれは!?」

「美味い、美味いぞ」

「これ、すっごく美味しいー！」

「お、お替わりください!!」

あの大きなピザ、一人3枚も食べるなんて思わなかった。おかげで、何度もログハウスと往復する羽目に。その分、しっかり食事代は請求したけれど。

しかも、リレアさん達もしれっとした顔で食べる食べる。

「これ、エールに合いそうです」

「確かに。いや、本当に美味い」

「これ、どこの料理なんだ？」

とか言ってるし。エールって、ビールの一種だったか？　どこの料理かは言えません。前世の地球では、発祥はイタリアだったはず。

エールは発泡酒だから、確かにピザに合うかも。自分が酒を飲まないから、ビールと合わせるという発想自体がなかった。

ビール、一応お買い物アプリにあるようだ。缶ビールだけだが。既にこちらの世界にはない素材のあれこれを出しているので、今更アルミ缶やスチール缶くらいでどうこう言うものでもないだろうけれど。実際、ペットボトルは今も目の前にある。

まあ、皆が美味しく食べて飲んでるならいいのだろう。少しのことは目をつぶってもらおう。

エピローグ

翌日から、ギルド支店は動き始めた。とはいえ、まだ冒険者は銀の牙のみ。これから人が増えてくるのに合わせて、敷地の運営方法も考えなくてはならない。

「まずは木戸の管理だな」

タブレットの敷地アプリを見る。大きい画面の方が見やすいから、タブレットにしてみた。フリーで入れる人間を設定できるのに加え、もう一つ機能が追加されている。料金箱だ。

この料金箱に、あらかじめ設定した料金を入れることにより、入れた当人だけは中に入れる仕組みである。

当然、そこは幼女女神仕様の機能、料金を払った人間のあとに続いて入ろうとしても、しっかり弾かれる。マンションのオートロックとは違うのだよ。

問題は、金を入れる人間だけしか入れないというところ。自分の分は、自分で入れてもらう必要がある。バスの料金……は人数を申請すると、その分計算してくれるけれど。

本当は、人数分支払えば入れるようにはしたい。でも、それをやるとオートロックをすり抜けるような連中が絶対に出てくる。それは避けたいのだ。

最悪、それを見つけた時点でペナルティとして罰金徴収と共に、敷地からの永久出禁にしてもいい。罰金は借金してでも支払ってもらおう。

ギルドには、貸し付け金制度という、借金できる制度もあるそうだから。

この借金、一度奴隷に落ちるので、借りたまま逃げることはできないそうだ。異世界恐ろしや。

その辺りはまた次の段階で考えるとして、しばらくは一人ずつ入るようにしてもらおう。

ログハウスの窓から、敷地を眺める。今は銀の牙が狩りに出ているので、敷地には誰もいない。扉がぽつんとあるだけだ。

今はあの扉の向こうにテントが3つあるだけ。これから、どんどん増えていってほしい。そして滞在費をガンガン落とすのだ。

そのための準備も、今からしておかないといけない。

「まずは設備か」

今のところ、冒険者用拡張敷地にある3つのテントは、トイレが付いているそうだ。私がお買い物アプリで買った移動式トイレのように、排泄物は魔力で分解されるタイプなんだとか。お高いけれど、こちらの世界にもそういうトイレはあるそう。

でも、そんなトイレ付きテントを買える冒険者ばかりではない。なら、公衆トイレとして、移動式トイレを複数置いておこうと思う。トイレ大事。

それと、敷地内には水場がない。井戸もない。掘ったところで、水は出てこないのだ。

これには、お買い物アプリで「水場」というものが買える。学校でよく見るタイプの水場や、噴水、それに外国で見るようなオシャレな水場もあった。

当然、オシャレなものは高い。冒険者にオシャレな水場、しかも高額なものを提供してどうする。ここは当然、一番安いコンクリ打ちっぱなしタイプのやつだ。蛇口が多く、普通の水が出る。いや、普通の水って。

「まさか、神力が含まれた水が出る水場があるとか、思わなかったよ……」

でも、しっかり売っていた。そしてとても高い。なので、当然却下だ。冒険者には、普通の水で十分。水があるだけましだと思ってもらおうか。

リレアさん曰く、普通のダンジョンには水場どころかトイレもないのが当たり前だそうだから。なら、冒険者はどうしているんだろう。まさか、その場で？

考えたら怖いから、これ以上考えるのはやめよう。でも、銀の牙も穴を掘ろうとしていたよな……いや、考えてはいけない。

本当は、簡易でも宿があった方がいいのでは？　とも思うけれど、さすがに建屋はお買い物アプリにも売っていなかった。売っていない以上、買うことはできない。

外から大工を連れてきて、建ててもらうことはありなんだろうか。もしくは、建てた建屋を魔法の鞄に入れて、ここに持ってきて取り出す。

とはいえ、宿一軒を入れられる魔法の鞄なんて、あるんだろうか。あれ、便利だけれど、容量には上限があるそうだから。

「あとはお風呂か……」

でも、こちらの世界では、入浴習慣がないと聞いている。そういう人達に、風呂を提供しても、使わないんじゃなかろうか。

それに、風呂もお買い物アプリには売っていない。温泉は売っているのにな。

「空間拡張で見た目以上に広いテントとかあるんだから、そういうテントで風呂屋を始める人とか、いないのかね？」

本当はうちでやりたいが。習慣になれば、それなりに稼げるのではなかろうか。

考えていたら、スマホがピロリン。幼女女神からのメールだ。

『稼げるというのは、本当か⁉』

相変わらず、銭ゲバなことで。

「いで！　また金だらいかよ！」

人の頭にぽんぽん落としていい代物じゃないんだが。

『その程度の神罰で済んで、感謝するがよい。それよりも！　風呂は儲かるとは本当か⁉』

「あー、習慣になればね。冒険者が、そこまで清潔さに気を付けるかどうかは、謎だけど」

『うぬう。そうじゃ、前に入れておいた温泉ではどうじゃ？　効能が付いておる故、冒険者達も入るのではないか？』

なるほど、温泉。いや、それは私が欲しい。でもあれ、もの凄く高かったような。

『そこはそなたが頑張って稼ぐがよい。バリアも浮遊も帰還も移動も、使えるじゃろう？』

何となく、幼女女神がにたりと笑ったような気がした。気のせいじゃないと思う。

『ともかく！　まずは人を増やすことじゃな！　そうしてここに来た冒険者から、あれこれとぼったくるがよい。楽しみじゃのう』

くっくっく、と笑う声まで聞こえてきそうだ。幼女女神めえ。

とはいえ、ここに来た人から金をぼったくって幼女女神の力を回復させるのが、私の仕事だ。ここは気合いを入れて稼がねば。

そのためにも、自分が強くなる必要がある。稼ぐためにはまず強くなる必要があり、強くなるためには稼がなくてはならない。何だこの歪なループ。

とはいえ、日本でブラック企業に勤めていた頃よりは、やりがいを感じるし、深く呼吸して生きていける。

きっと、私にはこの世界が合っているんだ。家族も親戚も友人もいない場所だけれど、でも、こんなに深く呼吸して過ごせている。

ここに来る直接の原因である邪神に感謝はしない。でも、幼女女神にはちょっと感謝しておく。あの時、幼女女神が私を転生させてくれなければ、私は今ここにいないのだから。

たとえ、それが幼女女神の勝手な力の回復計画だったとしても……だ。

窓から見える空に向かって、感謝の言葉を呟いてみる。何となく、空がきらりと光った気がした。

あとがき

こちらのレーベルではじめまして。斎木リコと申します。

「異世界でぼったくり宿を始めました　―稼いで女神の力を回復するミッション―」が書籍化したぞおおおおおお！　嬉しさ故の雄叫びでした。

実はこの作品、Ｗｅｂ版からの改稿時に、半分以上書き直しています。エピソードや時系列がＷｅｂ版と入れ替わっているのは、そういう理由です。

改稿は毎度大変であると同時に、ブラッシュアップの機会でもありますから、やはり楽しくもあります。今作もそうでした。大変は大変だったけどね！

それでも、言わば試作品であるＷｅｂ版よりは、いい作品に仕上がったと自負しております。ちょっと裏話。この作品、未発表作のリメイク作品でもあるんです。リメイク前は、今作と方向性がまるで違いますが。Ｗｅｂ作家あるあるですね。

リメイク前は、導入部分が長くて無駄だったので、作品で一番書きたい部分はどこかを考え、初っぱなからダンジョンにいてもらいました。リメイク前は島からのスタートだったので。

今作は私の作品の中でも、特にゲーム的要素が強い作品になっています。稼いで幼女女神の力を回復するという辺りも、とてもゲーム的かと。

魔法が買えるのも、ステータスをアイテムでアップ出来るのも、そうですね。経験値を稼いでレベルアップするのも、十分ゲーム的感覚ですけれど。

金儲けは大変ですが、全て金で解決出来る世界。ある意味、とてもわかりやすい世界です。

果たして、幼女女神は元の姿に戻れるのか？　邪神はどうなるのか？　全てが終わった時、アカリはどうなっているのか？

拝金主義なこの作品、どうか最後まで楽しんでもらえますように。

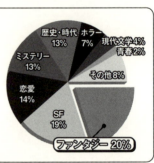

ツギクルブックス

愛読者アンケートに回答してカバーイラストをダウンロード！

愛読者アンケートや本書に関するご意見、斎木リコ先生、汐張神奈先生へのファンレターは、下記のURLまたは右のQRコードよりアクセスしてください。
アンケートにご回答いただくとカバーイラストの画像データがダウンロードできますので、壁紙などでご使用ください。
https://books.tugikuru.jp/q/202502/isekaibottakuriyado.html

本書は、「カクヨム」(https://kakuyomu.jp/)に掲載された作品を加筆・改稿のうえ書籍化したものです。

異《い》世《せ》界《かい》でぼったくり宿《やど》を始《はじ》めました
—稼《かせ》いで女神《めがみ》の力《ちから》を回復《かいふく》するミッション—

2025年2月25日　初版第1刷発行

著者　斎木《さいき》リコ

発行人　宇草 亮
発行所　ツギクル株式会社
〒105-0001　東京都港区虎ノ門2-2-1
発売元　SBクリエイティブ株式会社
〒105-0001　東京都港区虎ノ門2-2-1

イラスト　汐張神奈
装丁　株式会社エストール

印刷・製本　中央精版印刷株式会社

ISBN978-4-8156-3184-0
Printed in Japan